國高中英文
文法加深加廣

作者序

Are you ready？準備好學英文了嗎？

　　事實上，再好的工具書、再好的老師，如果學習者自己缺少用心學習的意願，是很難有所收穫的。希望各位讀者們現在已經堅定了自己的學習意願，我就以這本英文文法書和大家一起踏出學習的第一步。

　　文法是學習英文的歷程中最艱辛的階段，像是會話或單字只要反覆多背幾次，多少都能記住一些，但是文法不只不能靠死背，它的內容更是多樣化。

　　不過，仔細想想，學習一種外語，豈能只是硬背單字和會話？了解語言的構造，才是最重要的。

　　清楚理解英文與母語之間的差異，了解英文的特性，掌握這些重點才能比任何人都學得快、學得輕鬆，而這兩樣重要元素就在英語文法裡。

　　那麼，什麼才是學習英語文法最有效的方法？答案就是了解英語文法的原理。假使對文法不夠了解，那麼從詞性到被動語態，全部死背下來的話是多麼痛苦的事啊！但是，當我們詳加了解英語文法的同時，回頭就能發現需要背誦的部分居然所剩無幾。

　　《國高中英文文法加深加廣》是一本簡單有趣的英文學習工具書，為讀者們詳細說明了英語原理，各位讀者們只需要按部就班閱讀本書，就能輕鬆學好英語。為了解救一直被英語文法困住的廣大讀者們，我花了很長的時間來製作這本書。現在，這本書終於完成了，我要在這裡感謝許多朋友的幫助。其中特別感謝 Denny Smith 老師鉅細靡遺地審訂本書的每一篇內容，讓每個例句都活了起來。

最後，我要告訴各位讀者使用這本書的幾個訣竅：

1. **請不要急著背下來**：本書採用反覆提示的方式讓學習者熟悉重點，頁面中會經常出現「參考○○頁」的提示，是讓讀者驗收學習效果的設計。因此，請讀者不要刻意花時間背誦，漸漸的，學習的內容就會自然而然地牢記在大腦裡了。
2. **依照難度循序練習**：你會在部分的章節裡看到淺黃色區塊，這個部分敘述的是比較艱深的內容。如果覺得不能立即理解這部分的內容，你可以暫時跳過。當然，等你進入複習的階段，這些內容就不會再困擾你了。
3. **紅色底線處要細讀**：畫上紅色底線的句子是本書的重要內容，請務必仔細閱讀。各位讀者也可以仿照這個方法，加以標註自己認為重要的部分，一定能讓學習事半功倍。
4. **難度涵蓋所有程度**：本書的編排以基礎到進階的程度循序漸進，不論是小學生、國中生、高中生，甚至是社會人士，都可以用來學習完整的英語文法。
5. **提供例句確實詳讀**：與市面上其他的英語文法書不同的是，本書的例句豐富且簡單易懂，請大家務必仔細閱讀並徹底融會貫通。

準備好了嗎？那麼，現在就打開這本書，出發去狩獵英語文法吧！

作者 朴熙錫

作者序..02
本書特色..06

PART 1　基礎集訓

★Lesson 1★　如何架構句型？

(1)字母！單字！句子！..08　(2)一般動詞..12
(3)像變色龍的「be 動詞」..18　(4)名詞是點名表..21
(5)代名詞，真方便！..23　(6)修飾語..27　(7)否定句..29
(8)疑問句..31

PART 2　詞性，了解單字的性質！

★Lesson 2★　名詞與代名詞

(1)名詞的複數形..38　(2)可數名詞與不可數名詞..41
(3)指示代名詞..43　(4)名詞與代名詞的所有格..44　(5)反身代名詞..48
(6)不定代名詞..50　(7)代名詞的特殊用法..56

★Lesson 3★　扮演修飾語角色的詞性

(1)冠詞..61　(2)形容詞..69　(3)副詞..82

★Lesson 4★　比較句型的用法

(1)比較句型的變化方法..100　(2)比較句型的用法..104

PART 3　句子是如何構成的？

★Lesson 5★　句子在意義上的種類

(1)直述句..114　(2)疑問句..115　(3)祈使句..125　(4)感嘆句..126

★Lesson 6★　句子的 5 種形式

(1)主語與述語..129　(2)句子的基本要素..130
(3)五大句型..135

PART 4　征服動詞的世界

★Lesson 7★　動詞的時態
(1)現在式..145　(2)過去式..148　(3) be 動詞的過去式..154
(4)過去式的否定句..155　(5)過去式的疑問句..157　(6)完成式..158
(7)進行式..167　(8)完成式＋進行式＝完成進行式！..174

★Lesson 8★　助動詞
(1)未來式助動詞 will..177　(2) can 和 may，請求允許！..181
(3) should 和 would，表示義務和希望..182
(4)表示推測的助動詞..185

★Lesson 9★　被動語態
(1)被動語態的構句..188　(2)被動語態的時態..193
(3)被動語態的種類..194　(4)必須特別注意的被動語態..198

★Lesson 10★　準動詞
(1)不定詞..200　(2)動名詞..213
(3)動詞後面接不定詞或動名詞的用法..218　(4)分詞..221

PART 5　大會串

★Lesson 11★　介系詞和連接詞
(1)介系詞..234　(2)連接詞..251

★Lesson 12★　關係詞
(1)關係代名詞..259　(2)關係副詞..269　(3)名詞子句與間接問句..273

PART 6　英語的特殊文法

★Lesson 13★　一致性與敘述法
(1)數的一致性..279　(2)時態的一致性..285　(3)敘述法..286

★Lesson 14★　假設語氣
(1)語氣的種類..294　(2)假設語氣..297

本書特色

史上最簡單有趣的文法學習，
學一次就印象深刻，過目不忘！

本書4大特點

1 看圖就能學！

漫畫插圖生動幽默，原本複雜的文法忽然間一目了然。學英文不必再死背活背，一學就懂，而且印象深刻，讓你想忘都忘不了。

2 釐清所有文法問題！

本書內容涵蓋廣泛，適合各種程度的學習者，讓初學者打好基礎，幫助進階學習者強化重要觀念。

3 全圖解解析文法！

跳脫傳統條列式的編排，用大量說明圖框來解析主題文法，不僅讓讀者一看就很想學，而且一看就記憶深刻！

4 幽默觀點解讀英文！

從前英文老師總是要你「背起來就好」的文法疑難雜症，都能在本書獲得解答，幫助你提昇英文素養，更上一層樓！

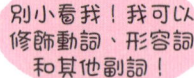

PART 1 基礎集訓

LESSON 1 如何架構句型？

Lesson 1 如何架構句型？

英文不只是單字和中文字不同，
另外像是運用單字構成句型的方式，也完全與中文不一樣喔！
這是我們接觸英語文法的第一步，
我們當然必須從最基本的內容開始學起。
而學會如何架構英文句型，就是最基本的文法喔！

基礎文法 1　字母！單字！句子！

　　如同小小的溪流聚集成河流，河流再匯聚成大海；字母聚集成單字，單字匯集成句子。這樣的過程一定有它必要的順序存在。

　　各位知道英語單字是由字母所構成的吧？若是將它們拆開，它立刻就失去了意義；不過如果按照一定的順序排列，就會結合出具有意義的單字。

　　句子也是一樣的，若是不按照一定的順序排列，就無法成為有意義的句子；反之，若是<u>以一定的順序排列，就可以組成有意義的句子，這樣的句子，就稱為符合文法規則的句子</u>。

(1) 構築單字

b, o, y / n, i, p / k, b, o, o

一個個獨立的字母，不具任何意義。

⬇

boy 男孩，**pin** 夾子，**book** 書本

將這些字母依照順序排列，就產生了意義。

字母以一定的順序排列就會產生意義，而這就是所謂的「單字」。

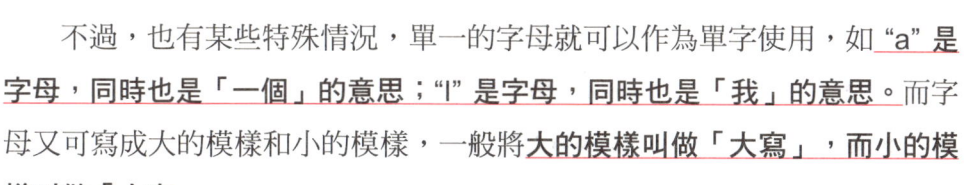

不過，也有某些特殊情況，單一的字母就可以作為單字使用，如 <u>"a" 是字母，同時也是「一個」的意思；"I" 是字母，同時也是「我」的意思。</u>而字母又可寫成大的模樣和小的模樣，一般將<u>**大**的模樣叫做「**大寫**」，而**小**的模樣叫做「**小寫**」</u>。

那麼，大寫和小寫有差別嗎？

當然有囉！在英文中，使用大寫和小寫的情形，有一個固定的規則。

一般出現在句子開頭的單字，第一個字母一定都要大寫。此外，像人名、地名、專有名詞的第一個字母，也都必須使用大寫。

She is pretty. 她很漂亮。

Judy 茱蒂，**Taipei** 台北，**I** 我，**Korea** 韓國

Grammar Café

為什麼 "I" 都要用大寫呢？

代表「我」這個意思的 "I" 原本是 "ich"，後來淘汰了較難發音的 "ch" 只剩下 "I"。

可是，小寫 "l" 因為形體太小了，閱讀起來容易造成困擾，但它又是最常使用的字。因此，為了便於區分，後來人們就開始改用大寫了。

(2) 單字和句子

soccer 足球

I 我

like 喜歡

⬇

I like soccer. 我喜歡足球。

　　如同前面所舉的例子，單字以一致的規則性排列傳達出意義，這就是一個完整的句子。

● He is a teacher. 他是一位老師。

● I love Amy. 我愛艾美。

現在，我們來看看另一個關於句子的重要部分，那就是句子開頭和句子結尾的規則。就像蓋房子的時候必須要有大門一樣，在句子中，第一個單字的頭一個字母，就是具有大門的功能，通常都要用大寫。

此外，跟中文一樣，在句子的最後需要有個結尾的要素，那就是「句點」，而句點的英文名稱是 "period"。

基礎文法 2　一般動詞

(1) 什麼是一般動詞？

各位猜猜看，一個句子裡一定不能缺少的元素是什麼呢？那就是「主詞」。主詞，就是「主角」的意思。例如以下例句中的 I, they, birds 都是主角。

I walk.　我在走路。
They run.　他們在跑。
Birds sing.　鳥兒們在唱歌。

「不過，為什麼標題是『一般動詞』呢？」
問得好。
來，我們看一下。大家覺得人是為了什麼而活呢？是為了成天無所事事，吃飽睡、睡飽吃嗎？

鳥類難道是為了望著高山發呆而活著嗎?當然不是。人會外出遊玩與閱讀,鳥會歌唱或捕食獵物。

就像這樣,**動詞能夠表達動作者本身所做出來的動作**,因此,中文裡也使用了「動」這個字彙。現在,我們再來看看其他的例句。

以下例句並沒有特別點明動作的字彙,這麼說是這個句子中沒有動詞嗎?當然不是。其實,**動詞不只點明動作,它還能表示某種狀態**。

為何要加 s 呢?p.15 有更詳細的說明

He seems to be sick. 他似乎病了。

He is the president. 他是總統。

在上面的例句當中,seems 雖然沒有明確的動作,但也是動詞。所以,請大家要記住——**動詞是表達動作或狀態的詞性**。

真正的動詞不但要表達動作,更應該清楚表達出某種狀態!

這個人為什麼不穿褲子呢…

Lesson 1 如何架構句型? /3

像這樣表示主詞的動作或狀態的動詞，稱為一般動詞，除了 be 動詞和助動詞，其他的動詞都屬於一般動詞。那麼，什麼是 be 動詞和助動詞呢？別急喔，後面的章節中將會為讀者陸續詳加解析。

　　在一個句子中，通常主詞後面都會緊接著動詞。請記得，往後只要提到動詞時，若是沒有特別說明是助動詞或 be 動詞，一律都是指一般動詞。

(2) 承受動作的是什麼？從「受詞」看得出來

　　前面有提到過，**動詞的功用在於表達主詞的動作**。那麼，承受動作的是什麼呢？請大家繼續看以下的句子：

| I | like | computers. | 我喜歡電腦。 |
| 主詞 | 動詞 | 受詞 | |

| I | clean | my room. | 我打掃我的房間。 |
| 主詞 | 動詞 | 受詞 | |

　　第一個句子裡，主詞喜歡的是什麼？是「電腦」。

　　第二個句子裡，主詞打掃的是什麼？是「我的房間」。

　　「電腦」以及「我的房間」就是承受動作的對象，這就稱為受詞。

　　受詞在中文裡，常被翻譯為「把…」的意思，例如「打掃房間」可以寫成「把房間打掃」，此時中文裡的受詞會在動詞前面，但是英文不會這麼使用，因此受詞要放在動詞後面。

在英語中,受詞要放在動詞後面!

(3) 動詞喜歡長尾巴

接下來,我們來了解一下動詞的用法吧!

如同中文有中文的特色,英文也有它本身的特徵。以下是動詞其中一項很重要的規則。

> 主詞是第三人稱單數現在式時,動詞的詞尾必須加 (e)s。

I like baseball. 我喜歡棒球。
He likes baseball. 他喜歡棒球。
Our dog runs fast. 我們的狗跑得很快。

在第二句和第三句中的動詞都加了 s,這是因為主詞是第三人稱單數的現在式。

所謂**第三人稱，是指除了我（第一人稱）和你（第二人稱）以外的所有人或事物；單數是指一個或一個人，兩個以上則是複數**。

有些讀者會掉進像上頁中第三個例句的陷阱，誤會句首的 our（我們的）是第一人稱，其實這個句子中的 our dog 指的不是「我們」，而是「我們的狗」，所以，當然是屬於第三人稱單數囉。

They like baseball. 他們喜歡棒球。
Dogs run fast. 狗跑得快。

以上的例句當中，主詞都是第三人稱。不過因為是複數，所以動詞不用加 s。

I have a bike. 我有一輛腳踏車。

He has a bike. 他有一輛腳踏車。　　　have 的第三人稱單數現在式

可是，英文中有個小東西不論在哪裡都一定會搞怪，那就是動詞 have 和 be 動詞。在後面的章節中，會為各位詳加分析 be 動詞，現在我們就先了解一下有關動詞 have 的部分。

請看上面的第二個例句，也就是第三人稱單數為主詞的句子中，**動詞 have 變成了 has，這就是動詞 have 的第三人稱單數現在式**。

(4) 在動詞後面加尾巴的方法

我們現在已經學到，第三人稱單數現在式在動詞字尾必須加 s 或 es。這麼說，不管三七二十一只要將動詞加上 s 或 es 就可以了嗎？

當然不是，要加 s 或 es，也是有規則需要遵守的喔。

① 大部分的動詞，字尾都要加 "s"。

like ➔ likes，read ➔ reads，run ➔ runs

She likes dogs. 她喜歡狗。

② 字尾以 -o, -s, -x, -ch, -sh 結束的動詞，字尾加 "es"。

go ➔ goes，pass ➔ passes

watch ➔ watches，wash ➔ washes

He goes to bed early. 他早早就寢了。

③ 字尾以「子音＋y」結束的動詞，字尾 y 改成 i 再加 "es"。

study ➔ studies，cry ➔ cries，try ➔ tries

He studies English. 他唸英文。

④ 不規則的情形。

前面提過的動詞 have，以及後面的章節即將學習的 be 動詞，遇到第三人稱單數現在式都會變成完全不同的面貌。

基礎文法 3　像變色龍的「be 動詞」

現在終於開始要學習 be 動詞了。be 動詞看起來很簡單，不過可是有好幾種變化呢！請讀者務必用心學習，否則往後可能就會有苦頭吃了。

究竟，be 動詞表達的是什麼樣的動作呢？

be 動詞所表達的意思和形態，就像是變色龍的偽裝色一樣，千變萬化。

(1) be 動詞有什麼樣的意義？

I am Sam. 我是山姆。

I am a middle school student. 我是個國中生。

喔！原來 be 動詞有「是…」的意思，也就是說「我＝Sam」以及「我＝國中生」的關係成立了。這個時候，會放在 be 動詞後面的單字，大部分都是名詞。

I am busy. 我在忙。

You are kind. 你滿親切的。

咦！這次形態一樣，不過為何所表示的意義卻不同呢？

尤其是句型變化和上頁的例句明明是一樣的啊，為什麼不是翻成「我是忙的」、「你是親切的」，而是說「我在忙」、「你滿親切的」呢？

這是因為，兩個例句所表達的意思是不一樣的。

在上頁的例句中，be 動詞代表的是「處於…的狀態；在…」的意思。這個時候，be 動詞後要接形容詞，形容詞用來表示人或事物的性質或狀態。

由多個單字結合來表示某一場所，稱為副詞片語

Mike is in his room. 麥克在他的房間裡。

Jane is in the garden. 珍在花園裡。

上面的例句則是指「在」的意思。像這樣的情況，be 動詞後面會接表示場所的修飾語（即地方副詞）。

後面的章節還會學到疑問句、被動語態、助動詞、現在進行式等文法，我們將會一直看到 be 動詞出現。所以說，be 動詞是個多才多藝的動詞喔！

(2) be 動詞，變身！

這麼有才華的 be 動詞，其實還有另一個讓人頭痛的特點，那就是形態。

其他的動詞頂多是碰到第三人稱單數現在式時，多加個尾巴就很了不起了。但是 be 動詞可沒有這麼簡單呢！不但各個人稱的表示方法不一樣，還會隨著單、複數而有所不同。除此之外，還有省略形（縮寫）、過去式等變化。

不過再說下去，情況就會變得越來越複雜，因此，關於過去式的部分，我們留待後面的章節再詳細解說。

I am Wendy. 我是溫蒂。
You are my friend. 你是我的朋友。
He is a doctor. 他是位醫生。
It is my computer. 它是我的電腦。
They are my parents. 他們是我的父母親。

如何，是不是真的有點複雜呢？因此，這裡特地將 be 動詞的變化規則整理歸納如下。

人稱	單數 be 動詞的形態	縮寫
第一人稱	I am	I'm
第二人稱	you are	you're
第三人稱	he is	he's
	she is	she's
	it is	it's

人稱	複數 be 動詞的形態	縮寫
第一人稱	we are	we're
第二人稱	you are	you're
第三人稱	they are	they're

※複數的主詞一律用 are。

 小心唷！
當主詞是第三人稱單數時，一律用 is。

The earth **is** round. 地球是圓的。
The birds **are** pretty. 這些鳥很漂亮。

主詞是第三人稱時，請一定要找我唷。

主詞是複數時，一定就是找我啦，我！！

 基礎文法 4　名詞是點名表

什麼是名詞？請讀者仔細想想，我們的生活周遭，是不是每樣東西都有一個名字？<u>附加在人物或東西身上的名字，就稱為「名詞」</u>。

名詞主要扮演受詞，還有補語的角色。

補語！那是什麼？相信大家一定很納悶吧。詳細的內容，我們將於本書第 133 頁裡再做進一步的介紹。

(1) 主詞角色

Mary likes milk. 瑪莉喜歡牛奶。
My mother has a car. 我媽媽有一輛車。

具體來說，<u>主詞要放在句子的最前面，是發出動作的主體</u>。

(2) 受詞角色

I love **Jane**. 我愛珍。
She plays the **piano**. 她彈鋼琴。

名詞扮演動詞的受詞，而<u>受詞是指在動詞後面承受動作的對象</u>，我們已經在前面的章節學過了。

(3) 補語角色

he = mail carrier

He is a **mail carrier**. 他是郵差。
Mrs. Smith is a **teacher**. 史密斯太太是一位老師。

名詞也可以當作動詞的補語，<u>補語主要置於動詞後面，用來補充說明主詞或受詞</u>。

 **重點提示** 名詞當作補語使用時，主詞就等於補語！

 基礎文法 5　代名詞，真方便！

代名詞，就是「代替名詞」的意思。

可是，為什麼不直接全部使用名詞就好了，還要使用代名詞？

請看以下的短文範例。

亞歷山大國王為了討伐反對**亞歷山大國王**的派系，於是**亞歷山大國王**帶領**亞歷山大國王**的軍隊出發了。

怎麼樣，有沒有覺得唸起來很繞舌呢？

現在，我們就將名詞亞歷山大國王用代名詞來代替，置於句子中重新唸一次。

亞歷山大國王為了討伐反對**他**的派系，於是**他**帶領**他**的軍隊出發了。

Lesson 1 如何架構句型？　23

你看,是不是簡單易懂多了?

代名詞就是這樣能夠代替名詞,讓句子和文字更容易閱讀的重要角色。

代名詞,可以代替人或事物。**代替人的代名詞,稱為「人稱代名詞」**,代替事物的**代名詞,則稱為「非人稱代名詞」**。

(1) 主格代名詞

我們知道代名詞可用來代替名詞,那麼,代名詞也可以像名詞一樣,扮演主詞、受詞、補語等角色嗎?

這兩者之間就有一些差別了。因為代名詞做為主詞和補語時,與當受詞角色時的形態,其實有很大的不同喔。

因為**代表主詞、補語的代名詞稱為「主格代名詞」**;代表受詞的代名詞則稱為「受格代名詞」。

Amy lives in Paris. 艾美家住在巴黎。
She likes to write. 她喜歡寫作。
She = Amy

第一個句子的主詞是 Amy，屬於第三人稱女性，所以代名詞就必須用主格人稱代名詞 she。

I have **a dog**. 我有一隻狗。
It is white. 牠是白色的。
It = a dog

在上面的例句當中，a dog 是指「一個人」嗎？當然不是，所以要使用非人稱代名詞 it 來代替主詞。

(2) 受格代名詞

相對於主格代名詞置於主詞的位置，受詞代名詞則置於動詞之後。

She loves **me**. 她愛我。
This is my mother. I love **her**. 這位是我的母親，我愛她。

受格代名詞

I like his smile. I like it very much.

我喜歡他的笑容。我非常喜歡它。

最後，我們就把剛才所有學過的代名詞整理成以下的表格。

人稱	性質	單數	複數
第一人稱	主格	I 我	we 我們
	受格	me 我	us 我們
第二人稱	主格	you 你	you 你們
	受格	you 你	you 你們
第三人稱	主格	he 他 she 她 it 它／牠	they 他們
	受格	him 他 her 她 it 它／牠	them 他們

如何區分「人稱」？

　　第一人稱是指「我」，第二人稱是指「眼前的對象」，也就是「你」。所以「我們」是第一人稱，「你們」則是第二人稱。而其他不屬於「我」和「你」的所有對象，當然就是第三人稱囉！

 **基礎文法 6　修飾語**

修飾，指的是「裝飾某一種情況」的意思。

在句子中擔任裝飾其他詞彙的單字，稱為修飾語。形容詞和副詞都屬於修飾語。接下來，我們先來討論形容詞的部分。

(1) 形容詞

形容詞，用來表示人或物體的性質、狀態、數量等，例如「美麗、疼痛、結實、柔軟」等都是表示人或物體性質的形容詞。此外，「三顆蘋果、兩雙鞋子」中的「三」和「兩」，也是用來修飾「顆」和「雙」的形容詞。

形容詞可以置於名詞前面修飾名詞，也可以用來當作 be 動詞的補語。

It is a **big** mouse.　牠是一隻大老鼠。

She is a **beautiful** girl.　她是個漂亮的女孩。

I have **two** children.　我有兩個孩子。　　　child（小孩）的複數

big、*beautiful*、*two* 放在名詞前面修飾名詞，所以它們都是形容詞。

The **two beautiful** girls live in Seoul.　那兩個漂亮的女孩都住在首爾。

咦？怎麼會有兩個形容詞？沒錯，有時也會發生這種情況，在一個句子裡，會有兩個以上的形容詞用來修飾同一個名詞。

This water is hot. 這水是熱的。

He is tall. 他長得高。

這次,形容詞被放在 be 動詞後面了;這就是形容詞用來當補語的情形。

「形容詞用來當補語」和「修飾名詞的形容詞」是兩種不同的用法,請見以下的說明。

> 直接修飾名詞的形容詞是修飾語,不是補語。
> 放在 be 動詞後面說明主詞的形容詞,才是補語。

(2) 副詞

屬於修飾語的詞性,除了形容詞以外還有副詞。相對於形容詞只能夠單獨修飾名詞,**副詞可以修飾動詞、形容詞、句子以及其他的副詞**,表示「時間、場所、方法」的意思。

修飾動詞 speaks
He speaks English quickly. 他的英文說得很快。

修飾形容詞 kind
He is a very kind man. 他是很親切的人。

修飾另一個副詞 well
She plays the piano very well. 她很會彈鋼琴。

Luckily I met her at the station. 幸運的是，我在車站遇到了她。

修飾後面整個句子

基礎文法 7 否定句

前面所提到過的句型都是肯定句，不過，在句子裡可不是都只有肯定句喔。

接下來，我們所要探討的就是否定句。

否定句是指具有「不是⋯，不去做⋯」含意的句型。

否定句的造句方法可分為兩大類，「一般動詞的否定句」和「be 動詞的否定句」兩種。

(1) 一般動詞的否定句

將一般動詞的句型改成否定句的方法，是**在動詞前面加 do not (＝don't) 或 does not (＝doesn't)**。

所有格代名詞，詳細說明將在 p.44 中探討

I don't know his sister. 我不認識他的妹妹。

表示「努力」的副詞，修飾 study

They don't study English hard. 他們不努力唸英文。

He speaks English very well. 他英文說得很流利。

He doesn't speak English very well. 他英文說得不太好。

那麼，是什麼樣的情況要加 don't，什麼情況又是加 doesn't 咧？

答案是**原形動詞前面要加 don't**，不過，主詞若

Lesson 1 如何架構句型？　29

為第三人稱單數時，就要用 doesn't。這時候，原本加在動詞字尾的 s(es) 就得去掉。唉！第三人稱單數就是這麼會製造麻煩！

(2) be 動詞的否定句

造否定句時，be 動詞會有些不同於其他動詞的地方。

否定句的造句是<u>直接在 be 動詞後面加 not，表示「不是…，不是…的狀態」</u>。

I **am not** busy. 我不忙。
You **are not**（＝**aren't**）a singer. 你不是歌手。
He **is not**（＝**isn't**）a student. 他不是學生。

用於否定句的 be 動詞，當然會隨著人稱而有不同的形態。

are not（＝aren't）和 is not（＝isn't）可以寫成縮寫形態。此外，am not 的縮寫可以使用 ain't，但一般來說比較少用。

(3) 使用否定副詞的否定句

各位應該都知道「絕對不、一個也不、幾乎沒有」這些用詞吧？這些用詞本身就有否定的意思。各位曾經說過「我絕對要遲到、你從來說、一個也剩、房裡幾乎有人」這種話嗎？當然不可能囉。應該是「我絕對不遲到、你從不說、一個人也不剩、房裡幾乎沒有人」的說法才對吧！

相信也沒有「他從不沒有遲到、房裡幾乎不沒有人。」這樣的說法吧。因為，「從不」和「幾乎不」這一類的詞與本身已經有否定的意思了，所以不必再添加別的詞語來表達否定

的意思。

在英文中，也有些單字具有這樣的含意。就是指**一旦用了那個單字，句型就瞬間變成否定句的情形，不需要再加 not 了**。

He (never) drinks coffee. 他從不喝咖啡。

「從不…」的意思

把 never 放在動詞前面，就會顯示「從不…」強烈否定的語氣。

基礎文法 8　疑問句

有人不懂疑問句是什麼意思嗎？如果不懂，可能需要先惡補一下中文能力喔。

英文造疑問句的方法可分為兩大類，就是「有疑問詞的疑問句」和「沒有疑問詞的疑問句」。

另外，**沒有疑問詞的疑問句，又可分為「一般動詞的疑問句」以及「be 動詞的疑問句」**。

在這個章節裡，我們先來看看關於一般動詞的疑問句和 be 動詞的疑問句。那麼，有疑問詞的疑問句，究竟要到什麼時候才會提到呢？我們將於後面章節再加以探討。

(1) 超簡單的一般動詞疑問句

將一般動詞改成疑問句的方法，其實非常簡單。

Do(Does)＋主詞＋動詞＋…＋？

Do you play the piano? 你彈鋼琴嗎？

這時候，肯定的回答是「是的」，而回答的方法就是

Yes, I do.

"Yes, 主詞的代名詞＋do(does)."

和中文一樣，若是有人問「你吃飽了嗎？」，那麼我們可以回答說「是的，我吃飽了。」相反的，也可以回答「沒有」這樣否定的回答。

No, I don't.

"No, 主詞的代名詞＋don't(doesn't)."

多學一些其他回答方式吧！
你的英文會變更棒！

Do you like Shirley? 你喜歡雪莉嗎？　　　⮕ 疑問句

　　　Yes, I do. 是的。　　　⮕ 回答
　　Yes, I like her. 是的，我喜歡她。
　Yes, I like Shirley. 是的，我喜歡雪莉。

如何架構句型？

看到了吧，雖然回答不同，但意思都是一樣的。

由此可見，一種疑問句可能有幾個不一樣的答案。可是，若沒有特別的原因，根本不需要回答得很完整，因為，嘴巴會酸嘛。所以，**通常在疑問句中最常被使用的是** "Yes, I do."。

小心唷！

主詞是第三人稱單數時，助動詞要用 Does，而不是 Do！
這時候，動詞還原為原形動詞。為什麼呢？
因為，Does 的出現就已經說明了「主詞是第三人稱單數」。

　　　　　Amy likes dolls. 艾美喜歡洋娃娃。　　➡ 直述句
　　Does Amy like dolls? 艾美喜歡洋娃娃嗎？　➡ 疑問句
　　　　Yes, she does. 是的，她喜歡。

(2) 反過來，be 動詞的疑問句

把有 be 動詞的句子改成疑問句的方法很簡單，就是把它倒過來。

倒過來？就是把主詞和 be 動詞的位置互換就搞定啦！
把 be 動詞放在句首，主詞放到後面。

You are an American. 你是美國人。　　⊃ 直述句
Are you an American? 你是美國人嗎？　⊃ 疑問句
No, I am not. 不，我不是。　　　　　⊃ 回答句

He is a doctor. 他是個醫生。　　　　　⊃ 直述句
Is he a doctor? 他是醫生嗎？　　　　　⊃ 疑問句
Yes, he is. 是的，他是。　　　　　　⊃ 回答句

They are busy. 他們在忙。　　　　　　⊃ 直述句
Are they busy? 他們在忙嗎？　　　　　⊃ 疑問句
Yes, they are. 是的，他們在忙。　　　⊃ 回答句

和一般動詞比起來，回答的說法並沒有什麼不同之處。<u>唯一不同的是，be 動詞代替了 do 的地位。</u>

> 肯定的回答 ➡ Yes, 主詞的代名詞＋ am / are / is。
> 否定的回答 ➡ No, 主詞的代名詞＋ am not / are not / is not。

注意唷！
若疑問句的主詞是 this 或 that 時，
回答時的主詞要用 it！

「這是（this）你的斧頭嗎？」
「不是，它（it）不是我的斧頭。」
是不是覺得這好像是某個很熟悉的故事對白？
不過不管提問的人說的是「這個」還是「那個」，以回答的人立場來說都是「它」。所以，用來回答的主詞一律都是 "it"！

Lesson 1 如何架構句型？

(3) 否定疑問句

接下來,我們來了解一下關於否定疑問句。

否定疑問句是表達「某人的想法、驚訝、打擊、憤怒」時使用的疑問句。

否定句疑問句的造句方法,其實很簡單。

> 把否定句裡的 don't 或 doesn't 移到前面,
> 就會變成否定疑問句了。

 小心唷!
在否定疑問句裡,
表達否定的部分最好用縮寫(簡寫)的形式。

Doesn't she live in the dormitory?　她不住在宿舍嗎?

PART 2 詞性，了解單字的性質！

LESSON 2　名詞與代名詞

LESSON 3　扮演修飾語角色的詞性

LESSON 4　比較句型的用法

Lesson 2 名詞與代名詞

名詞與代名詞有著各種不同的形態，
能夠在句子中扮演「主詞、受詞、補語」的角色。
名詞隨性質的不同，可分為可數名詞和不可數名詞；
而代名詞則依在句中不同的位置，
有「主格、受格、所有格」等形態。

基礎文法 1　名詞的複數形

英文跟中文不同，不管是人或物品都有單複數之分。

通常，**名詞的複數在字尾加 s，但是也有些字尾是加 es，更有不規則的複數形態。**

嗯，和動詞的第三人稱單數形的變化規則有點像喔！

Friends **are important.**　朋友是很重要的。

I like dogs**.**　我喜歡狗。

I like my classes**.**　我喜歡上課。

eat（吃）的過去式，詳細內容見 p.153

My brother ate two peaches**.**　我弟弟吃了兩顆水蜜桃。

(1) 規則的複數形

① 大部分的名詞字尾，加 "s"。

   friend ⇒ friends   dog ⇒ dogs
   cat ⇒ cats   ship ⇒ ships

② 字尾是 -s, -x, -sh, -ch 的名詞，加 "es"。

   bus ⇒ buses   dish ⇒ dishes
   peach ⇒ peaches   box ⇒ boxes

③ 字尾是「子音＋o」的名詞，字尾加 "es"。

   tomato ⇒ tomatoes   hero ⇒ heroes

不過，也有像 pianos 只加 s 的特殊名詞。

④ 字尾是「子音＋y」的名詞，必須把 y 改成 i 再加 "es"。

   lady ⇒ ladies   city ⇒ cities
   baby ⇒ babies

如果是「母音＋y」，則不需要變化，只要加 "s" 就行了。

   boy ⇒ boys   toy ⇒ toys
   day ⇒ days

⑤ 字尾是 -f(e) 結束，f(e) 必須改成 v 再加 "es"。

（一塊）

   wolf ⇒ wolves   leaf ⇒ leaves
   loaf ⇒ loaves   knife ⇒ knives
   life ⇒ lives   wife ⇒ wives

live（生活）可以當動詞，在這裡是當名詞 life（人生）的複數形。

重點提示

以上的字尾變化，都跟動詞第三人稱單數的變化規則很像，一般字尾加 "s" 或 "es"，字尾為 "y" 則改成 "ies" 等，相信大家應該都還有印象吧。

(2) 不規則的複數形

並不是所有名詞的複數形都有規則可循，如同以下的清單中，可看得出**有些名詞的單數形與複數形是完全不同的**，還有一些名詞是單複數同形的。

單數形態	複數形態	單數形態	複數形態
man 男人	men	foot 腳	feet
woman 女人	women	tooth 牙齒	teeth
child 孩子	children	mouse 老鼠	mice
deer 鹿	deer	Chinese 中國人	Chinese
fish 魚	fish	ox 牛	oxen
sheep 羊	sheep	goose 鵝	geese

Grammar Café

為什麼會有單複數同形的單字呢？

從前的英文（古代英文）表示獵物的時候，並不使用字尾加 "s" 或 "es" 的變化，因此，關於獵物的書寫方式仍然沿襲傳統；不過，家畜或居家飼養的動物，仍會有複數形態的變化。現在，相信各位應該有一點概念了吧！像是 fish, sheep, deer 等，在古代都算是獵物喔！

基礎文法 2　可數名詞與不可數名詞

接下來，我們看一下關於可數名詞和不可數名詞的部分。只要能夠清楚區分單數和複數，就能了解到究竟屬於可數還是不可數名詞。因為，**若是不可數的名詞，就不可能會有複數形**。

(1) 可數名詞

可數名詞有普通名詞和集合名詞；可數名詞有兩個以上時就必須使用複數形，只有單獨一個的時候，必須在名詞前面加冠詞 a 或 an。

◆ 普通名詞

一般來說，泛指人或物品。例如 dog, cat, pen, book, computer, boy, camera... 這類的名詞多半都屬於普通名詞。

> I have a camera.　我有一台相機。

◆ 集合名詞

泛指人或物品，**由多個集合成一個整體時所用的名詞**。例如 family（家庭）、people（民族），就是屬於集合名詞。

> Three families live in this house.　這一戶有三個家庭住在一起。

(2) 不可數名詞

專有名詞、物質名詞、抽象名詞等都是不可數名詞，因為不可數，所以

當然不可以加 a 或 an 等的冠詞。

◆ 專有名詞

世界上獨一無二的人名、地名，稱為專有名詞。字首第一個字母永遠都是大寫，例如像 Denny（丹尼），New York（紐約），Taiwan（台灣）等，都屬於專有名詞。

Denny lives in Taiwan. 丹尼住在台灣。

◆ 物質名詞

指形態不明的氣體或液體，這類名詞通常都有「很難數」的特徵。例如 air（空氣），water（水），milk（牛奶），paper（紙張），bread（麵包）等，都屬於物質名詞。

Mary likes milk. 瑪莉喜歡喝牛奶。

◆ 抽象名詞

以抽象的概念，表現物體的性質或狀態，例如 beauty（美麗），love（愛），peace（和平），luck（幸運）這些單字，是不是都比較難以做出具體的說明呢？

I wish you good luck. 祝你好運。

(3) 不可數名詞的數量表示法

那麼，難道不可數名詞就絕對不能數嗎？

當然可以，只要在不可數名詞的前面加上代表單位的單字即可。

I drank **a glass of milk** for breakfast. 我早餐喝了一杯牛奶。

My father ate **two pieces of bread**. 爸爸吃了兩塊麵包。

基礎文法 3　指示代名詞

眼睛看得到的人或物體的代名詞，就稱為指示代名詞。指示代名詞有 this, that, it 等。this 是指近距離的人或物體時使用，複數形是 these。相反的，指遠距離的人或物體則使用 that，複數形是 those。

那，it 呢？是指「它」；除此之外，it 還有很多種功用喔，我們將於後面的章節再詳細探討關於 it 的部分。

This is a good book. 這是一本好書。
Those are bags. 那些是袋子。

(1) 代替名詞

有些時候，句子中會用 that 和 those 來代替重複的名詞。

比較級，詳細內容在 p.99　　　　　　　　　　　　代替 the climate

The climate of Taiwan is (milder) than (that) of Japan.

台灣的氣候比日本的氣候溫和。

(2) this 和 that

this 和 that 也可以用來表示時間。

表示現在「當下」的時間可用 this，表示最近的「一段」時間則用 these 表示。而過去的時間，則使用 that 或 those。

this year 今年　**that year** 那年
these days 最近　**those days** 當時

基礎文法 4　名詞與代名詞的所有格

什麼叫所有格？中文的意思是「…的」，通常用來表示「我的（物品）」、「我們的（物品）」。也就是用來表示某人的所有物，所以才會稱為「所有格」。

名詞和代名詞的所有格表示法都各有不同。

Grammar Café

中文和英文的差異很大喔！
不信？看看下面的例句吧…

例句 ①：台灣的氣候比日本的溫暖。
例句 ②：台灣的氣候比日本溫暖。

在以上的例句中，讀者們通常會使用何種表達方法？大多數人可能都比較傾向於使用例句 ② 吧，若有人用的是例句 ① 的說法，還可能會被糾正呢。但是如果翻譯成英文，情況可就不一樣了！

例句 ①：**The climate of Taiwan is milder than that of Japan.**
例句 ②：**The climate of Taiwan is milder than Japan.**

就英文文法的觀點來說，例句 ② 的表達方式是錯的。為什麼呢？因為英文是重視邏輯的語言，「氣候」只能和「氣候」相比較，而第二句卻是拿「氣候」和「國家」相比較，當然不對啦！

(1) 名詞的所有格

◆ 人或動物的所有格

人或動物的所有格是在單字後面加 's，這時候所使用的 's，在英文裡叫做 apostrophe（所有格符號）。

Nicole's bag is white. 妮可的袋子是白色的。
The dog's name is "Lucky". 那隻狗的名字叫「幸運」。

> **注意唷！**
> "this" 在口語化的說法中較常用，接電話或介紹人物時尤其常被使用，其用法如下。

接電話時 ➡ **Hello, this is Denny.** 喂，我是丹尼。
介紹人物時 ➡ **This is my mother.** 這位是我的母親。

◆ 物品的所有格

物品的所有格以「of ＋ the ＋ 名詞」來表示，其中 of 用來修飾在它前面的名詞。

Do you know the title of the book? 你知道那本書的書名嗎？
I don't know the meaning of the word. 我不懂那個字的意思。

> **小心唷！**
> 主詞是物品時，表達其時間、距離、價格、重量等含意時，也可以用 's 的形態。

Lesson 2 名詞與代名詞　**45**

today's newspaper　今天的報紙
ten miles' distance　十英里的距離
a dollar's worth　一美元的價格
a pound's weight　一磅的重量

(2) 人稱代名詞的所有格

還記得嗎？在本書一開始，我們就已經提過人稱代名詞的一些重點。第一人稱代名詞的主格是 I，受格是 me；第三人稱代名詞男性的主格是 he，受格是 him 等等。

人稱代名詞，就是這樣讓我們一個頭兩個大喔！不過很不幸的，所有格也是一樣的麻煩。因為人稱代名詞的所有格，也有各種不同的變化。

My sister is beautiful.　我的姊姊很漂亮。
We washed our hands.　我們洗了我們的手。
Is that his car?　那是他的車子嗎？

(3) 所有代名詞

什麼？「所有格」就已經夠複雜了，居然還有什麼「所有代名詞」！？
所有代名詞有「⋯的（東西）」的意思，也就是說「所有格＋名詞＝所有代名詞」。所有代名詞，無所謂單複數，只有一種「所有代名詞」這個形態。

This is your book.　這是你的書。
= This book is **yours**.

所有代名詞，表示「你的物品」

Those are **their buildings**. 那些是他們的建築物。

= Those buildings are (**theirs**).

所有代名詞，表示「他們的物品」

注意唷！

把名詞轉換成所有格時，必須在名詞後加 's。不過，如果名詞本身已經是以 s 結尾的話，只要直接加上縮寫號就可以了。

That is **John's camera**. 那是約翰的相機。

= That camera is **John's**.

James' is good. 詹姆士的是好的。

(4) 人稱代名詞「格」的變化

我們在第一章已經介紹過人稱代名詞的主格與受格，接下來的這個單元裡，就要來看看所有格和所有代名詞的介紹。以下是將各種人稱代名詞「格」的變化表格化的整理內容。

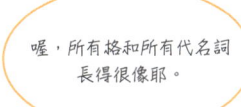

喔，所有格和所有代名詞長得很像耶。

單數	主格	所有格	受格	所有代名詞
第一人稱	I 我	my 我的	me 我	mine 我的
第二人稱	you 你	your 你的	you 你	yours 你的
第三人稱	he 他	his 他的	him 他	his 他的
	she 她	her 她的	her 她	hers 她的
	it 它	its 它的	it 它	

複數	主格	所有格	受格	所有代名詞
第一人稱	we 我們	our 我們的	us 我們	ours 我們的
第二人稱	you 你們	your 你們的	you 你們	yours 你們的
第三人稱	they 他們	their 他們的	them 他們	theirs 他們的

基礎文法 5　反身代名詞

(1) 用法

反身代名詞？光聽這名字就讓人一頭霧水呢！「反身」是什麼意思呢？

「反身」，指的就是「返回」的意思。它的意思其實是指主詞的動作再次反彈到自己身上。所以，若是等同於主詞的（代）名詞當受詞時，反身代名詞必須置於受詞的位置上。而把以上這種反身代名詞放在受詞位置的方法，即稱之為反身用法。按照這個字面意思來說，也就是暗示，反身代名詞還有其他的使用方法囉？

沒錯！反身代名詞還能使用在強調主詞或受詞的目的上，這就是所謂反身代名詞的強調用法。在強調用法中，即使省略了反身代名詞，仍然可算是一個完整的句子。

Grammar Café

主格、受格、所有格的代名詞，形態不同的原因是什麼？

代名詞仍保有古英文的形態，古英文的主格、受格、所有格，是隨形態而產生變化的。然而，在單字的位置比單字的形態更受重視之後，表示主格、所有格差異的複雜形態，就變得沒有存在的必要。於是，大部分的單字都統一為「主格」了。

但是，代名詞卻仍然使用複雜的形態。因此可以這麼說：最沒有經過「改革」的就是代名詞吧？

He talks to himself. 他在自言自語。　⇨ 反身用法
　主詞　　　　　受詞

himself 是介系詞 to 的受詞，故不可省略。

有「親自；自己」的含意

I bake cake myself. 我自己親手烤蛋糕。　⇨ 強調用法
　主詞　　　受詞

myself 用以強調主詞，即便省略，仍是完整的句子。

(2) 種類

　　反身代名詞如同代名詞一般，會根據人稱和數量而有所變化。反身代名詞的單數形一律以 -self 做結尾，複數形則是以 -selves 結尾。

人稱	單數	複數
第一人稱	myself 我自己	ourselves 我們自己
第二人稱	yourself 你自己	yourselves 你們自己
第三人稱	himself 他自己	themselves 他們自己
	herself 她自己	
	itself 那個東西本身	

Grammar Café

yourself 和 yourselves 有什麼不同？

　　大家都知道 you 可以當單數也可以當複數使用，但是要注意喔，反身代名詞的單數是 yourself，複數就一定要用 yourselves 囉。

(3) 習慣用法

反身代名詞，除了原始的含意之外，還有以下幾個常見的慣用片語。

by oneself 單獨；獨自
for oneself 靠自己；為自己
enjoy oneself 過得愉快
help oneself 請自行取用
say to oneself 心裡想
help yourself 請自己來

基礎文法 6　不定代名詞

代名詞的種類非常多，其中還有這樣的代名詞：**用來指不確定的人物或物品的代名詞，這種名詞稱為不定代名詞**。「不定」，就是「不確定」的意思。

(1) some

> 含意：一些；幾個；大約；某人。
> 特徵：some 所指的數量，並不是一個確定的數目。因此，some 也可當作不定代名詞使用。

Some say yes, and **some** say no.

有人贊成，有人反對。

注意唷！ 除非是特殊情況，否則 some 不能用在疑問句或否定句中。那麼，疑問句和否定句可用哪些代名詞呢？答案是"any"。接下來，我們就一起來了解一下吧。

(2) something, somebody, someone

含意：不確定的對象，某個；某一個人。
something（某個）；somebody（某人），someone（某人）。
特徵：當作單數使用。

> leave（放置）的過去式

Somebody left his book on the desk.

有人在書桌上放了一本書。

> 表示場所的副詞片語

There is **someone** at the door. 有人在門邊。

(3) any

含意：任何一個。
特徵：some 用在直述句，any 用在疑問句或否定句。
隨著不同的情況，可當作單數或複數使用。

I don't like **any** of these books. 在這些書當中,任何一本書我都不喜歡。

Do you know **any** of those books? 在那些書當中,有你知道的書嗎?

注意唷!

上面提到 some 的相對代名詞是 any;那麼,something, somebody, someone 的相對代名詞呢?
當然是 anything(任何一個), anybody(任何一個人), anyone(任何一個人)囉!

Can you hear **anything**? 你有聽到什麼嗎?

Is **anybody** here? 有人在嗎?

I don't trust **anyone**. 我不相信任何人。

(4) one

> 含意:人;某人;一個;單一的。
> 特徵:表示一般性的人物,
> 或是用來代替前面出現過的名詞,當作單數。

服從

One should obey **one's** (= his or her) parents.

人應該服從自己的父母。

This glass is dirty. I need a clean **one**.

這個杯子是髒的,我需要一個乾淨的杯子。

Do you have a car? Yes, I have **one**.

你有車嗎?有的,我有一部車。

one 原本就有「一個」的意思，所以不能置於表示「一個」的不定冠詞 a 後面，也不能當複數使用。

可是，one 前面若有形容詞，則可加上定冠詞 the 來使用。在這種情況，one 所表示的含意就不再是「一個」，而是作為不定代名詞，指的是某人或某樣物品。

Of the series, the first one was interesting.

在那個系列當中，第一集比較有趣。

注意唷！

one 代表的是在它前面出現的不特定名詞，表示特定名詞就得用 it。我們來比較看看以下兩個例句。

Do you have a camera? Yes, I have one. (= Yes, I do.)

你有相機嗎？有，我有一台。

雖然不確定是什麼樣的相機，但是確定有一台。

Do you have the camera?

你有帶相機嗎？

Yes, I have it. (= Yes, I do.)

是啊，我帶了那一台。

定冠詞 the 使用在特定對象；因此，在這個例句中所指的 the camera 是指「你」和「我」都知道的某台相機。詳細解折請見 p.65

如果前面的句子已經使用過「a＋名詞」，第二次再提到時就可以用特定名詞 it 來表示。

I have a bike. You can use it anytime.

我有一輛腳踏車。你隨時都可以去騎那輛腳踏車。

Lesson 2 名詞與代名詞　53

(5) one, the other, another

我們已經在前面學過 one 的用法，the other 則是「其他」的意思，another 有「另一個」的意思。

> 指兩個其中之一時，第一個用 one 表示；
> 另一個則用 the other，當單數使用。

**Look at your hands. One is your right hand.
The other is your left hand.**

看看你的雙手。一隻是你的右手，另一隻是你的左手。

> another 是含糊的指另一個，當單數使用。

這時候是當形容詞用，有「單一的」意思　　　　　當名詞時解釋為「交通手段」，通常用複數型

**The airplane is one means of transportation,
the train is another.**

飛機是一種交通工具，火車是另一種交通工具。

交通工具除了飛機和火車這兩種之外，還有很多不同的種類，所以應該要用 another。假使世界上除了飛機或火車之外，沒有其他的交通工具，這時就要用 the other 來代替 another；因為，在這樣的情況之下，所指的是兩個其中之一。

(6) some, others, the others 的差異

含意：有些；另外的；其他的。
特徵：含糊的指「一些」時用 some，
指「另外一些」則用 others。
表示剩餘的全部時就用 the others，當複數使用。

Some are tall；others are short.
有些人是高個兒，也有些人是矮個兒。

I went to three cities.
One is London, the others are Paris and Berlin.
我去了三個城市。一個是倫敦，其餘兩個是巴黎和柏林。

(7) all, both

含意：全部；都是。
特徵：all 用來代表三者以上的整體，
both 則是指兩者所構成的整體。

I know all of them. 我認識他們全部。

允許的意思，詳情見 p.181

Both of you may go. 你們兩個都可以走了。

那麼，指兩個其中之一又該怎麼回答？　答：either

(8) either, neither

> either：兩者擇其一，兩個當中的其中一個。
> neither：兩者皆非，兩個都不是。

Either of you may go. 你們兩個的其中一個可以走了。
Neither of the books is good. 這兩本書之中，沒有一本是好的。

(9) each, every

> 含意：每一個，個別的。
> 差異點：each 強調各自獨立的每一個，
> every 則傾向於整體性的表達。

Each student has a schedule. 每個學生都有各自的計畫。
Every student has a schedule. 所有的學生都有計畫。

基礎文法 7　代名詞的特殊用法

(1) it 的特殊用法

　　我們已在指示代名詞的章節學過 it 的用法了，不過它的用途很廣泛，所以接下來我們還要做更進一步的了解。

　　it 最重要的功能是可用來當特定人物或物品的代名詞。不過，it 還有如下的特別用法。這時候所用的 it 不具任何意義，也不加以翻譯。

◆ 用以表示天氣、時間、日期、距離、天色

It rained yesterday.	昨天下雨了。	天氣
What time is **it**?	現在是幾點？	時間
It is five o'clock.	現在是五點鐘。	時間
It is Friday.	今天是星期五。	日期
It is a long way to the station.	到車站的路程很遠。	距離
It's getting dark outside.	外面天色漸漸暗了。	天色

指「外面」，副詞

注意唷！

詢問「時間」的說法有很多種，以下的例句都是詢問「現在是幾點？」

What time is it ?
=**What time do you have ?**
=**Do you have the time ?** 現在幾點？
比較 **Do you have time ?** 你有空嗎？

◆ 虛主詞與虛受詞

虛主詞和虛受詞！這是什麼意思呢？就是「假的主詞」以及「假的受詞」。

<u>英文並不喜歡過於冗長的主詞或受詞，所以，形式上會把扮演主詞、受詞角色的 it 置於句子前面，再把真主詞的部分（大致上來說是由名詞片語或名詞子句擔任這樣的角色）置於句尾。</u>

這時候的 it 就是用來代替真主詞與真受詞的「虛」主詞與「虛」受詞。

Lesson 2 名詞與代名詞 *57*

◎虛主詞角色。

這是不定詞的用法，將在「準動詞」篇介紹

page 200

It is easy to read this book. 這本書很容易讀。
虛主詞　　　　　真主詞

go（去）的過去式

It is true that he went there. 他到那個地方去了是事實。
虛主詞　　　　真主詞

這是動名詞的用法，將於「準動詞」篇介紹

spill（潑灑）的過去式

page 213

It is no use crying over spilt milk.
虛主詞　　　　真主詞

對灑在地上的牛奶哭是於事無補的（覆水難收）。

◎虛受詞角色。

指「養成…的習慣」

I make it a rule to get up early in the morning. 我養成早起的習慣。
　　虛受詞　　　　真受詞
　　　　　　　　　　　　　　　指「起來」

◎ "It is...that..." 的強調用法。

當我們寫句子的時候，可能會希望能夠強調某個部分，這時就可以使用 "It is...that..." 的句型。

把句子中想強調的部分放在 that 前面就行了，表示「…就是（正是）…。」

see（看）的過去式

I saw John at the bus terminal last night. ○原句

It was I that saw John at the bus terminal last night.

昨晚在公車總站見到約翰的人正是我。　　　　○強調主詞

It was John that I saw at the bus terminal last night.

昨晚我在公車總站見到的人就是約翰。　　　　○強調受詞

It was last night that I saw John at the bus terminal.

我在公車總站見到約翰的時間就是昨晚。　　◯ 強調副詞片語

It was at the bus terminal that I saw John last night.

昨晚我見到約翰的地方就是公車總站。　　◯ 強調副詞片語

注意唷！

想強調的部分若是人物，則可用 who 或 whom 代替 that；如果是場所就用 where；如果是時間就用 when。因此，上面的例句可以改寫成以下的形態。

It was I who saw John at the bus terminal last night.
It was John whom I saw at the bus terminal last night.
It was last night when I saw John at the bus terminal.
It was at the bus terminal where I saw John last night.

(2) 用來表示一般人的代名詞

　　用來表示一般人的代名詞，也有各種不同的種類。什麼是「一般人」呢？解釋成全人類或是凡人，你就會比較容易理解。以下的例句中 we, you, they 等代名詞，都是解釋為「所有人，一般人」的意思。

用來表示「多量」

We get a lot of snow in winter. 冬天裡下很多雪。

若按照字面直譯成「我們在冬天有很多雪」，是不是覺得語意有些不順暢？

Lesson 2 名詞與代名詞　59

You **should** obey your teachers. 應該順從老師的教誨。

「應該」的意思，助動詞。詳見 p.182

若按照字面直接譯成「你應該服從你的老師」，這次比較好一些，不過還是覺得不太對⋯

They speak English in America. 美國人說英文。

字面意思是「在美國，他們說英文。」這裡的「他們」指的是「美國人」。

在上面的例句中，主詞都是指「所有人，全人類」，所以最好不要硬是把 we, you, they 翻譯出來，語意會比較通順。

不過，如果不需要翻譯出來，為什麼一定要用到這些代名詞呢？那是因為，英文句子一定要有個「主詞」啊！

在中文裡，就不一定非得有主詞，但是在英文中除了特殊情況（祈使語氣等）以外，主詞是組成句子不可或缺的元素。

Grammar Café

把中文直譯成英文很 dangerous！

當我們招待別人吃飯時，常會請對方「多吃一點」，如果把這句話直譯成英文就是 "Eat a lot."，我在餐廳裡就曾聽到有人這樣對外國人說。聽到這句話的外國人應該會不太高興，說不定會在心裡嘀咕：「你當我是豬嗎？」

下次當你想向外國人表達你的善意時，請使用以下這些句子才是正確的用法。

Enjoy your meal. 請盡情享用。
Help yourself. 隨便吃，別客氣。

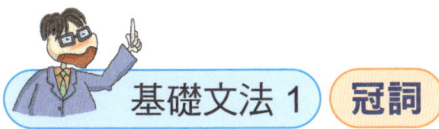

Lesson 3 扮演修飾語角色的詞性

修飾語指的是具有修飾功用的字彙。
「美麗的天空」這句話中,「美麗的」修飾「天空」,
所以「美麗的」就是這句話裡的修飾語。
形容詞、冠詞和副詞都可以當作修飾語。
在這個章節中,將要探討這些所謂的「修飾語」。

基礎文法 1 冠詞

放在名詞前面,說明名詞性質的用詞就是冠詞。為什麼要叫做「冠詞」?請讀者們想想,「冠」這個字通常都會用在什麼地方呢?像是「月桂冠」、「皇冠」,都是戴在頭上的物品。所以,在字詞上「加冠」的用詞,就稱為冠詞。我們可以從「冠詞」上了解其名詞的性質。

冠詞有 a, an, the 三種,<u>a 和 an 是放在不特定的普通名詞之前,稱為不定冠詞,而 the 用來修飾或限定特定名詞,放在特定的名詞前,因此稱為定冠詞</u>。

buy(買)的過去式

I <u>bought</u> a book. 我買了一本書。

這裡是指在眾多書籍中只買了一本,所以是 a book。

Lesson 3 扮演修飾語角色的詞性 61

I gave the book to my sister. 我把那本書給了我的妹妹。

gave：give（給予）的過去式

這裡指的不只是一本書，而是我買的「那本」書，所以是 the book。

(1) 不定冠詞（a, an）的用法

① **代表一項不特定的物品或人，單數可數名詞的前面要加 a / an。**

I saw a movie yesterday. 昨天我看了一場電影。

She is a good teacher. 她是個好老師。

複數名詞、不可數名詞前面不可加 a 或 an。為什麼呢？因為不定冠詞是指「一個」的意思。

She doesn't like dogs. 她不喜歡狗。
I want some orange juice. 我想要一些柳橙汁。

② 「a/an ＋名詞」可用來代表整個族群。

A rabbit has long ears. 兔子有長長的耳朵。
An owl can see in the dark. 貓頭鷹在黑暗中能看得見。

「能夠」的意思，助動詞。進一步說明請看 p.181

這裡兔子並不是指一隻，而是指所有的兔子。An owl 亦是指所有種類的貓頭鷹。

③ 可用來表示「每一(per)」的意思。

She studies five hours a day. 她一天用功五個小時。

「大約」的意思

This train goes about 100 miles an hour.
這列火車以大約一百英里的時速前進。

我們果然用途多多！

a＋名詞　每一(per)　某個(a certain)　相同的(the same)

④ 可用來表示「某個 (a certain)」的意思。

不定詞用法，詳見 p.200

A Mr. Lee came to see you. 有位李先生來看你了。

⑤ 可用來表示「相同 (the same)」的意思。

（鳥的）羽毛

Birds of a feather flock together. （諺語）物以類聚。

原文的意思是「羽毛相同的鳥類會聚在一起」。

(2) 區分 a 和 an 的方法

冠詞後面的單字字首是子音發音時加 a，是母音發音時加 an。

小心唷！

判斷的方式是「發音」，而不是「字母」喔！例如是 "an hour" 而不是 "a hour"，雖然 hour 是子音 h 開頭，但它的字首發音是母音 [au]。

This is a ring. 這是一個戒指。
He is an honest boy. 他是個誠實的男孩。

ring 的第一個發音是以子音 [r] 開頭的，所以冠詞用 a；honest 的第一個字母是 h，但是因為第一個發音是母音 [a]，所以必須用冠詞 an。此外，像 [y]、[w] 這樣的半母音發音，則視為子音。

64　PART 2 詞性，了解單字的性質

(3) 定冠詞 the 的用法

　　凡是限定的名詞或所有人都已知的名詞前面，都要加上定冠詞 the。簡單來說，the 就是用來指特定的人事物。

◆ 再次提到前面說過的事物

She bought a ring for me. This is the ring.

buy（買）的過去式

她買了一只戒指給我。這就是那只戒指。

◆ 所有人都已知的名詞前面

Did you read the book? 你讀過那本書嗎？

用於疑問句的助動詞，Do 的過去式。詳見 p.31

Pass me the salt, please. 可以把那罐鹽遞給我嗎？

指「遞過來」的意思，這裡沒有主詞，所以是祈使句。詳見 p.125

從此句可以推測出，鹽罐是在全場人都看得到、但說話的人碰不到的地方。

◆ 表示特有物品、自然現象、方位時

The sun rises in the east. 太陽從東邊升起。

太陽只有一個，所以要加 the

東邊指的是「獨一無二」的方位，所以也要加 the

◆ 在序數或最高級前面

He won the first game. 他贏了第一場遊戲。

He is the tallest boy in his class. 他是班上個子最高的。

tall（高）的最高級。詳見 p.109

◆ 用來表示整個族群

　　　　The dolphin is a clever animal. 海豚是聰明的動物。

◆ 有修飾語限定時

　　　　Bring me **the** book on the desk. 把桌上的書拿過來。
（此指桌上的書）
指的不是任何一本書而是指桌上的那本書，當然要加 the。

◆ 習慣加定冠詞來表示的情況

　　　　Helen can play the violin. 海倫會拉小提琴。
「play ＋ the ＋樂器」＝演奏樂器

　　　　I got up at seven in the morning. 我早上七點鐘起床。
get up 的過去式　　　　　　指「早上」，副詞片語

　　　　By the way, how was he? 順便問一下，他怎麼樣了呢？
「順帶一提」的意思，常用片語
指「如何？」，疑問副詞。詳見 p.120

(4) 省略冠詞

有些情況會把冠詞省略掉，請見以下的例句。

◆ 呼喚對方

　　　　Waiter, bring me bill. 服務生，請給我帳單。

◆ 同一家庭成員

Dad bought me a camera. 爸爸買了一台相機給我。

同一個家庭裡，每一個成員的角色通常都只有一個，不用特別加上 a 或 the，大家也都能區分，故可以省略。

◆ 稱呼、職位、身分等名詞，當作補語使用時

They elected him chairman. 他們選他為議長。

> 受詞 him＝議長，所以 chairman 當受詞補語。詳見 p.134

◆ 建築、場所等名詞，用於單字本身的目的時

> 「去上學」用 school，「去學校」就用 the school

Do you go to school on Saturdays? 你星期六會去上學嗎？

She went to **bed** at ten. 她十點上床睡覺。

小心唷！加了定冠詞，意思大不同！

Mother went to **the** school that day.

那天，媽媽去了學校。

> 喔，原來是為了上課之外別的理由去學校的啊，是不是小孩又不乖了呢？

◆ 表示用餐、生病、學問、運動競賽時

I had **breakfast** at six this morning. 我今天早上六點吃早餐。

I like **science**. 我喜歡科學。

Let's play **baseball**. 我們來打棒球吧！

Lesson 3 扮演修飾語角色的詞性　**67**

◆「by ＋通信、交通方式」的用法

I will let you know the result by telephone.

我們會打電話告訴你結果。

We went there by bus. (= on a bus)

我們搭公車去了那裡。

◆ 表示對照的慣用性用法

day and night (= night and day) 日日夜夜
arm in arm 手挽著手
east and west 東邊與西邊
husband and wife 夫婦

They became husband and wife. 他們成了夫妻。

◆ man 可以稱呼男性，也可以指全人類

「不死的；永遠的」，相反詞是 mortal，意指「會死的；凡人的」

Man is mortal and God is immortal. 凡人會死，而神會永生。

意指所有人類時，根本不需要你！！

基礎文法 2　形容詞

用來加以修飾名詞或代名詞，例如：「美麗的女演員」、「幾本書」、「她是聰明的」，表達其性質、數量或狀態等的用詞，稱之為形容詞。

而一般說到修飾語，就會直接讓人聯想到形容詞，也可以說形容詞就是修飾語的代表。

(1) 形容詞的用法

◆ 限定用法

指形容詞直接修飾名詞的用法，一般來說，這個時候的形容詞通常放在名詞前面，但是也有放在後面的情形。

> **Tom is an honest boy.** 湯姆是個正直的少年。
> **Please give me something cold.** 請給我一些清涼的東西。

一般來說以 -thing 結尾的名詞，形容詞都是放在名詞之後。詳見 p.73。

◆ 敘述性用法

指形容詞當主詞補語或受詞補語的用法。

> **This book is very interesting.** 這本書非常有趣。　➡ 主格補語
>
> **She left the door open.** 她讓門開著。　➡ 受格補語
>
> （left: leave（留下；離去）的過去式）

page 133

Lesson 3 扮演修飾語角色的詞性　69

◆ 形容詞當名詞的用法

「the＋形容詞」的形態，可以視為複數普通名詞或抽象名詞等意義。

The rich (= rich people) are not always happy.

富翁也不見得都是快樂的。

(2) 形容詞的種類

◆ 代名形容詞

代名形容詞指的是代名詞扮演形容詞的角色。

人稱代名詞的所有格、指示代名詞、不定代名詞、疑問代名詞、關係代名詞等都可以擔任形容詞的角色，而且，其名稱也會改成指示形容詞、不定形容詞等。

① **人稱代名詞的所有格＝形容詞**。

This is my car. 這是我的車。

這裡變成了修飾車子的形容詞。

② **指示形容詞**。

用於疑問句的疑問代名詞。詳見 p.116

Who are those people? 那些人是誰？

③ 疑問形容詞。

此處的疑問代名詞當疑問形容詞用

(What) school do you want to go? 你想就讀哪一所學校？

這裡的 what 用來修飾學校。

注意唷！
冠詞也可以用來當代名形容詞使用。

◆ 數量形容詞

數量形容詞是指表示「數」和「量」程度的形容詞。數量形容詞有「不定數量形容詞」和「數詞」：

① 不定數量形容詞：some, any, little, many, much, enough 等。

I have many friends. 我有很多朋友。

② 數詞：基數（one, two, three...），序數（first, second, third...），倍數（half, double, three times...）。

January is the first month of the year. 一月是一年當中的第一個月份。

◆ 性狀形容詞

性狀，是指人或物品的「性質與狀態」。因此，性狀形容詞是用來表示人或物品的性質、狀態、種類等的形容詞，大部分的形容詞都屬於這個範圍。

① 敘述形容詞。

　　本身就是形容詞片語。例如：last, wise, kind, pretty...

② 物質形容詞。

　　由物質名詞轉換而來的形容詞。例如：gold, silver, wooden...

③ 專有形容詞。

　　由專有名詞延伸而來的形容詞。例如：French, American, Spanish...

④ 分詞形容詞。　　將在「準動詞篇」單元中介紹。詳見 P.221。

　　由 分詞 而來的形容詞。例如：lost, sleeping, following, broken...

(3) 形容詞的活用

◆ 形容詞的排列順序

　　「一個可愛又調皮的孩子。」仔細看看這個句子，總共使用了「一個」、「可愛」和「調皮」三個形容詞。咦，英文可以這樣使用嗎？

　　可以喔！形容詞也可以像這樣串在一起使用。

　　同一個句子中同時使用兩個以上的形容詞時，要依照「代名形容詞＋數量形容詞＋性狀形容詞」的順序排列。

　　其中，冠詞可以當作代名形容詞用，但同一個句子不能同時連接兩個代名形容詞。若有兩個以上性狀形容詞，則依照性質、大小、新舊、顏色、國籍、材料的順序排列。

　　至於數量形容詞，則依「序數＋基數」的順序排列。

代名形容詞（包括冠詞）＋數量形容詞 ＋ 性狀形容詞 ＋ 名詞
the　　　　　　　　first two　　young American ladies
　　　　　　　　　　序數　基數

接下來，就讓我們透過以下的例句，實際了解形容詞的排列順序。

<u>副詞，用來修飾 speak</u>

The first two young American ladies speak Chinese well .
前面那兩個美國女孩的中文說得很好。

◆ 後置形容詞

　　後置？光是聽這名字就覺得好奇怪。**後置就是「放在後面」的意思，和置於前面的介系詞可說是完全不一樣**。所以，後置形容詞和其他形容詞的不同之處，在於它是跟在名詞後面的形容詞。以下介紹幾個需要讓後置形容詞出場的情況：

Grammar Café

This is a my book.（×）
這個句子為什麼是錯的呢？

　　在英語句子中，不定冠詞和所有格是不能同時使用的。所以 "This is a my book."（×）是錯誤的用法。
　　同樣的，"This is a my car."（×）也是錯的喔！
　　我們再來複習一下代名形容詞，就會理解為什麼不能這樣寫了。還記得嗎？**冠詞屬於代名形容詞，同一個句子不能同時連接兩個代名形容詞。**

① **形容詞由數個詞語構成**。

　　形容詞本身由好幾個詞語構成時，放在名詞前面會顯得太冗長。為了平衡句子的結構，以形容詞片語或形容詞子句的形式放在名詞後面做修飾。

> 修飾 dolls 的形容詞片語

They sell dolls about four feet tall.
他們販售大約四英呎高的洋娃娃。

② **修飾 -thing 或 -body 結尾的名詞**。

　　以 -thing 或 -body 結尾的名詞，將形容詞放在其後方做修飾。

> 記得嗎？在前面章節也有提到過。詳見 P.69。

I want to drink something hot. 我想喝熱飲。
I saw nothing white in his room. 我在他的房間裡沒看到白色的東西。

(4) 數量形容詞

　　在數量形容詞當中，**表示「具體數量」的部分稱為數詞。數詞又可分為表示「基本數字」的基數，和表示「次序或順序」的序數**。

　　用中文來說，「1、2、3…」是基數，「第一、第二、第三…」是序數。也就是說，基數是指「個數」，序數是指「順序」。

◆ 基數詞和序數詞

　　在上面提到，「基數詞」是指像 one, two, three…（1、2、3…）這樣的基本數字。序數詞則是指像 the first, the second, the third…（第一、第二、第三…）這樣表示順序的數字；the fourth（第四）之後的序數，變化的方式是在單字字尾加 "th"。

　　以下是把基數與序數歸納整理的圖表。

	基數	序數		基數	序數
1	one	first (1st)	19	nineteen	nineteenth
2	two	second (2nd)	20	twenty	twentieth
3	three	third (3rd)	21	twenty-one	twenty-first
4	four	fourth (4th)	22	twenty-two	twenty-second
5	five	fifth (5th)	23	twenty-three	twenty-third
6	six	sixth (6th)	30	thirty	thirtieth
7	seven	seventh (7th)	40	forty	fortieth
8	eight	eighth (8th)	50	fifty	fiftieth
9	nine	ninth (9th)	60	sixty	sixtieth
10	ten	tenth (10th)	70	seventy	seventieth
11	eleven	eleventh	80	eighty	eightieth
12	twelve	twelfth	90	ninety	ninetieth
13	thirteen	thirteenth	99	ninety-nine	ninety-ninth
14	fourteen	fourteenth	100	a(one) hundred	(one) hundredth
15	fifteen	fifteenth	101	a(one) hundred and one	(one) hundred and first
16	sixteen	sixteenth	200	two hundred	two hundredth
17	seventeen	seventeenth	1000	a(one) thousand	one thousandth
18	eighteen	eighteenth	2000	two thousand	two thousandth

※像 fifth(5), eighth(8), ninth(9), twelfth(12), twentieth(20) 等，必須特別注意其字尾的變化。

◆ 數量形容詞的讀法

① **整數**。

在英文的唸法中，是以每三個數字為一個段落，讀法是 thousand（千），million（百萬），billion（10 億），trillion（兆）…等。

接下來，我們就來練習數字的讀法吧。

1,000 ◎ a thousand

10,000 ◎ ten thousand

100,000 ● one hundred thousand
1,000,000 ● one million
10,000,000 ● ten million
2,876,673 ● two million eight hundred (and) seventy-six thousand six hundred (and) seventy-three

重點提示

million, thousand, hundred 等這些數量形容詞，即使前面的名詞是複數（2, 3, 4...），數量形容詞本身也不需要加 s，但是，想要表示「無窮盡的數量」時，字尾就要加 s。例如，500 的英文寫法是 five hundred；但若要表示「數百個」的意思時，就要寫成 hundreds of。另外，hundred 後面加 and 的讀法有很多種，但在美國傾向於省略不說。

② **小數**。

小數點前面的數字，唸法和整數相同；小數點後面的數字，唸法是逐字唸出。其中，「小數點」讀作 point，數字 "0" 讀作 zero 或 [o]，也可以讀作 nought。

1.534 ● one point five three four
0.57 ● zero point five seven

③ **分數**。

分子屬於基數，分母屬於序數，若分子為複數時，分母必須加 s。此外，「整數」＋「分數」的中間以 and 來連接。

分子或分母若是 100 以上的數，在分母前面要加上 over (by)，分子和分母都以基數來讀。

$4\frac{3}{4}$ ◯ four and three quarters

$\frac{2}{3}$ ◯ two thirds

$\frac{58}{123}$ ◯ fifty eight over (by) one hundred and twenty-three

④ 年度。

年度，每兩個位數為一個段落。

1978 ◯ nineteen seventy-eight
1900 ◯ nineteen hundred
2001 ◯ two thousand (and) one

⑤ 電話號碼。

電話號碼是逐字讀取的；"0" 通常讀做字母 [o] 或者 zero。

534-5037 ◯ five three four, five o three seven

⑥ 溫度。

在台灣習慣以「攝氏」這個單位來表示溫度，也就是 °C，但在美國比較常用「華氏」，也就是 °F。

28°C ◯ twenty-eight degrees Centigrade
84°F ◯ eighty-four degrees Fahrenheit

⑦ **修飾**。

用英文讀數學的四則運算時，如果是加法和乘法，可以選擇使用單數動詞或複數動詞；但如果是除法和減法，就只能使用單數動詞。

2＋3＝5 ○ Two plus three equals five. 　　當作單數
　　　　　 Two and three are (make) five.
　　　　　　　　　　　　　　　　　　　　 當作複數
3×2＝6 ○ Three times two is six.
　　　　　 Three by two are six.

當作單數
5-3＝2 ○ Five minus three is equl to two.
　　　　　 Three from five leaves two.
　　　　　　　　　　　　　　　　　　　　 當作單數
9÷3＝3 ○ Nine divided by three makes three.
　　　　　 Three into nine goes three times.

◆ 不定數量形容詞的種類

用來表示不確定的數或量的形容詞，稱為不定數量形容詞；不定數量形容詞分為三大種類：只修飾「數」，只修飾「量」，以及兩者皆可修飾。

① **只能用來修飾「數」的不定數量形容詞**。
　　　　　few, a few, not a few, quite a few,
　　　　　many, a great (good) many,
　　　　　a number of, a great number of

② **只能用來修飾「量」的不定數量形容詞**。

little, a little, not a little, quite a little,

much, a great (good) deal of

③ **能夠修飾「數和量」的不定數量形容詞**。

a lot of, lots of, plenty of,

some, any, enough,

all, no

可數時用 many；不可數時用 much

接下來，我們要探討關於不定數量形容詞的具體用法。

many 是指很多的「數」，用在可數名詞；much 用來表示很多的「量」，用在不可數名詞。

Do you have many friends? 你有很多朋友嗎？

錢屬於不可數名詞

Do you have much money? 你有很多錢嗎？

a few，比 few 還要再多一些

few 和 a few 是形容少數時所使用的形容詞，不過，傳達的意思卻有所不同。few 是「只有一點點；幾乎沒有」的意思，具有否定的意味；a few 是「有一些；約略有一些」的意思，具有肯定的意味。很神奇吧？多一個 a 就能表達更多的量呢。

注意唷！

即使數量不多，但 few 和 a few 後面還是要接複數名詞喔！

I have a few friends. 我有一些朋友。
I have few friends. 我幾乎沒什麼朋友。

比 a little 更少的 little

相對於 few 用來形容「數」，little 和 a little 是用來表示「量」的形容詞。little 同樣具有「幾乎沒有」的否定含意；a little 則具有「有一些」的肯定含意。

She drank a little water. 她喝了一些水。
I had little money then. 當時，我身上幾乎沒有錢。

無論是什麼情況，只要「很多」，就用 a lot of 或 plenty of

不論可不可數，只要是「很多」的情況，都可以使用 a lot of。實際上，比起 many 或 much，a lot of 還更常用呢。a lot of 的同義詞有 lots of 和 plenty of，讀者們可以好好運用。

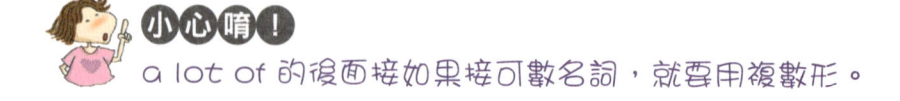

小心唷！

a lot of 的後面接如果接可數名詞，就要用複數形。

She has a lot of books. 她有很多書籍。

He wants **a lot of** water. 他想要很多的水。

water 是不可數名詞，仍然可以用 a lot of。

肯定用 some，否定與疑問用 any

some 和 any 都可以當做代名詞或形容詞，<u>但請大家記得，肯定句要用 some，疑問句和否定句要用 any。</u>

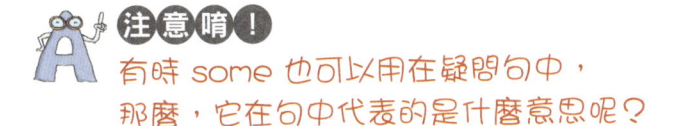

果汁是不可數名詞，用單數

I want **some** orange juice. 我想要一些柳橙汁。　➡ 肯定句

柳橙是可數名詞，用複數

There are **some** oranges on the table. ➡ 肯定句
餐桌上有些柳橙。

Do you have **any** money? 你有錢嗎？　➡ 疑問句

I don't have **any** money. 我沒有錢。　➡ 否定句

注意喔！
有時 some 也可以用在疑問句中，
那麼，它在句中代表的是什麼意思呢？

Would you like **some** orange juice? 你要喝一點柳橙汁嗎？

在疑問句中使用不定代名詞 some 時，表示客氣的詢問。

注意喔！
some 後面也可以接單數名詞，此時是指「某一個」的意思。

He goes to **some** university in New York. 他就讀紐約的某一所大學。

基礎文法 3　副詞

修飾語各有其代表性的功用。形容詞用來修飾名詞、代名詞，**副詞則用來修飾動詞、形容詞與其他副詞**。

> 你沒本事修飾主詞、受詞、補語，好笨。 —形容詞
>
> 別小看我！我可以修飾動詞、形容詞以及其他的副詞喔！ —副詞

雖然副詞不算是構成句子的基本要素，但是它具備著許多功能喔。

(1) 副詞的分類

副詞依照其功能的不同，可以分為簡單副詞、疑問副詞、關係副詞等。按意義來分，可分為時間副詞、地方副詞、頻率副詞、程度副詞、狀態副詞、表因果的副詞、肯定否定副詞等。

◆ 副詞的種類

① **時間副詞**。

　　now 現在，**then** 當時，**early** 提早，**before** 以前，
　　soon 很快地，**ago** 之前，**today** 今天，**yesterday** 昨天

② **地方副詞**。

　　here 這裡，**there** 那裡，**far** 遠，**near** 近

③ **頻率副詞**。

　　once 一次，**twice** 兩次，**again** 再一次，**often** 時常，
　　sometimes 有時候，**usually** 通常，**always** 總是，**seldom** 幾乎不

④ <mark>程度副詞</mark>。

　　　　very 非常，much 許多，little 一點，enough 足夠，
　　　　too 太，quite 相當，almost 幾乎

⑤ <mark>狀態副詞</mark>。

　　　　well 很好地，fast 快速地，slowly 慢慢地，
　　　　gladly 愉快地，easily 容易地，beautifully 美麗地

⑥ <mark>表示「原因、理由、結果」的副詞</mark>。

　　　　therefore 因此，所以，thus 如此，因此

⑦ <mark>表示「肯定」或「否定」的副詞</mark>。

　　　　yes 是，no 不，not 不是

◆ 其他詞性也可以變成副詞嗎？

　　可以喔！大部分的形容詞都可以成為副詞。一般來說，<u>「形容詞＋ly」就變成副詞了</u>。接下來，我們就來試試把形容詞變成副詞吧。

① **形容詞＋ ly**。

　　　　quick 快速的 ＋ ly ➡ quickly 快速地
　　　　sudden 突然的 ＋ ly ➡ suddenly 突然地

② **以 -y 結尾的形容詞，把 y 改成 i 再加 "ly"**。

　　　　happy 幸福的 ＋ ly ➡ happily 幸福地
　　　　easy 容易的 ＋ ly ➡ easily 容易地

③ **-le, -ue 結尾的形容詞，把 e 去掉再加 "y"**。

　　　　simple 簡單的 ＋ ly ➡ simply 簡單地
　　　　true 真誠的，真實的 ＋ ly ➡ truly 真正地

④ **-ll 結尾的形容詞，只需要加 "y"**。

　　　　full 充份的 ＋ ly ➡ fully 充分地

小心唷！
「名詞＋ ly」會變成形容詞，不是變成副詞喔。

　　　　man 男生 ＋ ly ➡ manly 有男子氣概的
　　　　woman 女生 ＋ ly ➡ womanly 女性化的
　　　　love 愛 ＋ ly ➡ lovely 可愛的
　　　　friend 朋友 ＋ ly ➡ friendly 友善的

◆ **有許多單字的形容詞和副詞長相一樣**

　　　　He is a **hard** worker. 他是個努力的職員。

　　　　這時候，hard 是修飾名詞 worker 的形容詞。

He works very **hard**. 他很努力工作。

這時候，hard 是修飾動詞 works 的副詞。

除此之外，形容詞和副詞形態相同的單字如下。

long 長的；長久地，**early** 早的；提早，**late** 遲的；不久前，**high** 高的；在高處，**low** 低的；在低處，**enough** 足夠的；充分地，**much** 許多的；大量地

◆ 副詞字尾加 -ly 會變成什麼呢？

形容詞和副詞同形的單字，字尾加 -ly 以後，會變成具有其他含意的副詞喔！

以下這些單字，字尾加上 -ly 之後，會產生抽象的含意。

The student came **late**. 他晚到學校。 (晚到的)

Have you seen him **lately**? 最近你有遇到他嗎？ (最近地)

He **who** wishes to get pearls **must** dive **deep** in the sea.
(who：這是關係代名詞的用法。詳見 p.259)
(must：「必須」的意思，助動詞。詳見 p.184)

希望得到珍珠的人，必須潛入海底深處。

這裡的 deep 是「深深地」之意，指實質的空間。

I am **deeply** interested in the news.

我很關心那則消息。＝我深切關心那則消息。

這裡的 deeply 是「深刻地，強烈地」，是抽象的含意。

They buy **cheap** and sell **dear**. 他們低價買進，高價賣出。
(cheap：在此指「便宜地」，副詞)
(dear：在此指「昂貴地」，副詞)

They won the battle dearly. 他們付出昂貴的代價，贏得了戰爭。
（抽象性質的）付出昂貴的代價。

They won the battle cheaply. 他們沒有遭受到太多損失，就從戰爭中獲勝了。
（抽象性質的）犧牲不大，損失不多。

請注意，以下的單字也都屬於副詞。

high 高的；高 ⇒ highly 非常
near 附近；就近 ⇒ nearly 幾乎
hard 勤勞；努力 ⇒ hardly 幾乎不
late 遲的；晚的 ⇒ lately 最近

多了 ly，就可以有抽象的意思啊。哇哈哈～

(2) 副詞的用法

◆ 副詞的功能

我們已學過關於副詞能夠修飾動詞、形容詞、其他副詞的部分。不只如此，副詞還可以用來修飾（代）名詞或整個句子。

① **修飾動詞**。

Tom rises (early) in the morning. 湯姆都早起。
　　　　　　　　　　　　　修飾動詞 rises

② **修飾形容詞**。

This book is (very) difficult. 這本書的內容很艱深。
　　　　　　　　　　　修飾形容詞 difficult

③ **修飾其他副詞**。

He speaks English (very) well. 他的英文說得很好。
　　　　　　　　　　↑ 修飾副詞 well

④ **修飾名詞**。

(Even) a child can do it. 甚至是小孩子也辦得到。
　↑ 修飾名詞 a child

⑤ **修飾代名詞**。

(Only) he (could) answer the question. 只有他能說出答案。
　↑ 修飾代名詞 he
　　　　　　↑「能」的意思，助動詞。can 的過去式。詳見 p.181

⑥ **修飾整個句子**。

(Certainly) he (will) succeed. 他將來一定會成功。
↑ 修飾整個句子　　　↑「將要」，未來助動詞。詳見 p.177

◆ 副詞的位置

　　如同在前面章節中已經提過的，副詞能夠修飾的對象有很多種，不僅如此，副詞在句子中的位置也很多元化。不過，這並不是指它可以任意放置，仍必須依照一定的規則擺放。

① **修飾形容詞或其他副詞時**。
　　放在要修飾的對象前面。

This book is (very) interesting. 這本書十分有趣。
　　　　　　　　　↑ 修飾 interesting

Lesson 3 扮演修飾語角色的詞性　**87**

② **修飾動詞時**。

通常放在動詞後面，但如果動詞後面有受詞，副詞則要放在受詞後面。若句子的受詞太長，就必須把整個受詞移到副詞後面。

The old man walked slowly. 那位老人慢慢地走。

副詞 slowly 放在動詞 walked 後面。

I wrote the letter carefully. 我認真地寫信。

副詞 carefully 放在受詞 letter 後面，修飾動詞 wrote。

修飾 admitted　　　　　　　　　　　　　　　　這是過去完成式。詳見 p.165

He admitted frankly that he had stolen the watch.

他承認是自己偷了手錶。

在這個句子中，把冗長的受詞 that he had stolen the watch 整個放在副詞 frankly 後面，修飾動詞 admitted。

③ **頻率副詞**。

頻率副詞（always, usually...等）放在一般動詞之前、be 動詞之後，在有助動詞的句子中，則放在助動詞與一般動詞之間。

Ann always comes on time. 安一向準時。

always 放在一般動詞 comes 前面。

Ann is always on time. 安一向準時。

always 放在 be 動詞後面。

這是用在現在完成式的助動詞，詳見 p.160

Ann has always come on time. 安一向準時。

放在助動詞 has 和一般動詞 come 之間。

這是用在疑問句的助動詞

Does she **always** come on time? 安一向都準時嗎？

放在助動詞 does 和一般動詞 come 之間。

這麼說，頻率副詞的種類有哪些呢？

always 總是，**usually** 通常，**often** 時常,常常，
sometimes 有時候，**seldom** 幾乎不，**never** 絕不

我 always 去上學
我 usually 去上學
我 often 去上學
我 sometimes 去上學
我 seldom 去上學
我 never 去上學

④ 出現兩個以上的副詞時。

同一個句子裡出現兩個以上的副詞時，先放地方副詞，再放狀態副詞，最後放時間副詞。

They drove to <u>downtown</u> <u>quickly</u> <u>this morning</u>.

地方副詞　　狀態副詞　　時間副詞

他們今天早上快速地往市中心駛去。

小單位＋大單位

出現多個時間副詞時，先放小單位的時間（例如幾點幾分），再放大單位的時間（例如幾月幾日）。

Lesson 3 扮演修飾語角色的詞性　89

「拜訪」的意思，動詞片語

I will **call on** you at ten o'clock next Wednesday.
　　　　　　　　　　　時刻　　　　　　日期

我會在下禮拜三的 10 點去拜訪你。

重點提示

地方副詞和狀態副詞的順序可以調換。

She played beautifully in the concert last night.
　　　　　　狀態副詞　　　地方副詞　　　　時間副詞

她昨天在音樂會中演奏得很出色。

⑤ **修飾整個句子的副詞**。

放在句首，或是主詞和動詞之間。

Fortunately he didn't die. 幸運的是，他沒有死。
His sister **clearly** loves your ⟨elder⟩ brother.
顯然地，他的妹妹愛著你的哥哥。

「年長的」的意思，形容詞。相反詞是 younger（年幼的）。

◆「動詞＋副詞」的用法

很多時候，「動詞＋副詞」會當作慣用片語使用，這樣的組合又稱為「動詞片語（phrasal verb）」。這時候，**受詞若為代名詞，則必須放在動詞和副詞之間。受詞是一般名詞時，放在副詞前面或後面都可以。**

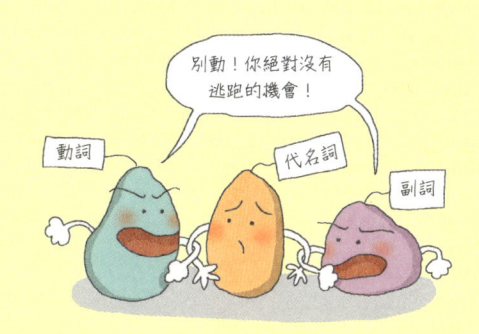

別動！你絕對沒有逃跑的機會！

動詞　代名詞　副詞

◎受詞是一般名詞時。

如果受詞是一般名詞，可以放在動詞和副詞之間，也可以放在副詞之後。

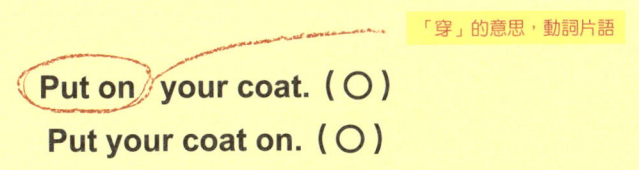

「穿」的意思，動詞片語

⟨Put on⟩ your coat.（○）
Put your coat on.（○）

◎受詞為代名詞時。

受詞一定要放在動詞和副詞之間。

Put it on.（○）
Put on it.（×）

Lesson 3 扮演修飾語角色的詞性　*91*

◎常用的動詞片語。

bring back a book 還書
call up a friend 打電話給朋友
figure out a problem 找出問題
fill in a form 填寫表格
look over a report 檢查報告
pick out a word 辨認出單字
pick up a book 拿起書
put off an appointment 推遲約定
put on a shirt 穿上襯衫
take off a shirt 脫下襯衫
turn off a light 關燈
turn on a light 開燈

◆「動詞＋介系詞」的用法

　　「動詞＋介系詞」結合成一個動詞片語時，動詞和介系詞是無法分離的。因此，不論跟在後面的受詞是名詞或代名詞，都不能調換順序。

call on someone 拜訪某人
count on (＝depend on) someone 依靠某人
get over an illness 從疾病中復原
get through with something 完成某件任務
look down on someone 看不起某人
look for someone / something 尋找某人或某物
run into someone 偶然遇見某人

92　PART 2 詞性，了解單字的性質

(3) 其他必須注意的副詞

> 原級的 very，比較級的 much
> 含意：十分，非常，很…

very 可以修飾形容詞和副詞的 原級，也可以修飾現在分詞。相對的，much 可以用來修飾 比較級 和過去分詞。在這一點上，very 和 much 就有很大的不同。

「原級和比較級」的內容詳見 p.99

This novel is very interesting. 這本小說很有趣。

「更好」的意思，good 的比較級。詳見 p.102

This is much better than that. 這個比那個更好。

小心唷！
敘述形容詞（afraid, awake, ashamed, preferable）只能被當作補語，即使是原級也可以用 much 來修飾。

These two look much alike.

這兩個人長得非常像。

> 肯定用 too，否定用 either
> 含意：也…；也不…

I like dogs, too. 我也喜歡狗。
I don't like dogs, either. 我也不喜歡狗。

既然 too 用在肯定句，either 用在否定句。那麼，疑問句用什麼呢？答案是 "too"。

May I go, too? 我也可以去嗎？

> 後置副詞 enough：
> 修飾形容詞或副詞時，要跟在欲修飾的對象後面。

以下這幾個副詞，都屬於後置副詞：enough, alone, else, too, either。

He is old enough to go to school. 他的年齡已經大到可以上學了。

Grammar Café

副詞和介系詞？還是搞不太清楚耶…

是的，事實上，副詞和介系詞在扮演其他角色時，仍然會有很多混淆的情形發生。因為，真的想要清楚區分它們的差異實在不太容易。所以囉，越是混淆就越應該弄清楚它們在根本上的不同。

首先，介系詞需要有個受詞，而副詞則不需要，這就是兩者最大的差異點。接下來就來看看以下的例句吧！

〈副詞〉
Come in! 進來！
The post office is near by. 郵局在附近。
He took his coat off. 他脫下外套。
Look out of the window. 往窗外看。

〈介系詞〉
He lives in town. 他就住在這個鎮上。
He passed by the office. 他經過辦公室。
She jumped off the table. 她從桌上跳下來。
Look out the window. 看看窗外。

透過以上的例句解釋，大家應該可以清楚比較出副詞和介系詞之間的差異性了吧！先來看看 "She jumped off the table." 這個句子，在句中 off 當介系詞用，the table 是 off 的受詞，所以不能說 "She jumped the table off."（×），原因是介系詞後面一定要有受詞來襯托。然而，在 "Take off your coat." 這個句子中，off 是當副詞用，所以也可說 "Take your coat off."。意思相反的句子 "Put on your coat."（把你的外套穿上），句中的 on 是副詞，所以也可以寫成 "Put your coat on."。

> 過去式用 ago；完成式用 before
> 含意：以前；之前。

ago 和 before 都是指「之前」，不過，兩者之間的用法仍然有些差異。<u>ago 用在以「現在」為基準的過去式；句子中通常會出現精確的數字</u>。

==由於時態是過去式，所以用了 ago==

He (died) ten years ago. 他在十年前就死了。

<u>before 則可以用在過去式、現在完成式以及過去完成式等時態中</u>。

==meet 的過去分詞。詳見 p.160==

I have (met) him before. 我以前曾經看過他。

> already 是「已經」；yet 是「還沒」

already 是「已經」的意思，通常用於肯定句中。但是有時也會出現在疑問句裡。

==現在完成式（have＋finished）==

肯定句 ➔ I (have finished) my homework already. 我已經寫完我的作業了。
疑問句 ➔ Have you finished your breakfast already?
　　　　　　你已經吃完早餐了嗎？

這只是在問「已經吃完了」的意思嗎？其實不是的，原始句意應該是「啊，已經吃完了嗎？我還想和大家一起吃呢！」的意思。所以，疑問句中若出現 already，是表示一種「驚訝的情緒」。

yet 的用法跟 already 很類似，但請注意，yet 用在疑問句的意思是指「已經」，而用在否定句則是指「還沒，尚未」。

Have you finished your homework yet? 你已經寫完作業了嗎？
I have not finished my homework yet. 我還沒寫完作業。

肯定用 Yes；否定用 No

我們在日常生活用語當中常說的 yes 和 no，其實都是副詞喔！哈哈，沒想到吧！

應該沒有人不知道何時用 yes，何時用 no 吧？不過，英文還是有些部分和中文不太一樣，例如：「它不喜歡梨子嗎？」如果回答是「不，他喜歡。」那麼這個句子該用 yes 還是 no 回答呢？

請記住：回答的句子如果內容是肯定時就用 yes，否定時就用 no。

Doesn't he like pears？ 他不喜歡梨子嗎？ (發音是 [pɛr]，指「梨子」)
Yes, he does. 不，他喜歡。
No, he doesn't. 是啊，他不喜歡。

在中文的習慣裡，如果回答這類否定的疑問句，在回答的時候都會說「是的」。例如：「他不喜歡你嗎？」「是啊，不喜歡。」

但在英文中，不管對方是用肯定句或是否定句提問，答案是肯定的就回答 yes，否定就回答 no。這也就是說，我們在回答的時候不要管對方要用 Does 問還是 Doesn't 問，都當做對方是用肯定句在問，回答時就一定不會搞錯。

「部分否定」，就是指話題的內容只有部分是否定的含意。

在英文中，想表達部分否定的意思時，只要把否定語（not）和表達整體含意的副詞（all, both, every, always, necessarily, quite, fully, altogether, entirely, completely, wholly, absolutely...等等）一起使用就可以了。**中文的意思則是指「並不都是；不一定總是」**。

關係代名詞，詳見 p.259

All that glitters is **not** gold. 不是所有會閃閃發光的東西都是黃金。

the ＋形容詞＝複數普通名詞，詳見 p.70

The rich are **not always** happy. 有錢人不見得總是快樂的。

Lesson 4 比較句型的用法

「比…好」、「比…好多了」，
這種「做比較」的用法，
在英語中就叫做「比較句型」。
比較句型的用法相當廣泛多元，
接下來，就讓我們來詳細了解一下，
什麼是英語的原級、比較級和最高級吧。

　　將兩個或是三個以上的對象相互較量，就是「做比較」。例如，「相形之下，我比你更不足。」或「才不是呢，你是我們當中最棒的。」這樣的句子，都是屬於比較的用法，但是，這兩個句子的性質卻有些不同。

　　前一句的「我」和「你」是比較的對象，只有兩個人；第二個句子雖然看不出有多少人，但是可以清楚知道它的意思是，「在『我們』之中（兩個人以上）做比較，你是最好的！」

　　在英語句子中，將比較兩個主體的用法，稱為「比較句型」。其中，像前一個句子「A 比 B 更…」的表達方式稱為比較級；第二句「A 最…」的表達方式則稱為最高級。表達方式是將形容詞（副詞）變化成比較級或最高級的形態，以進一步構成句子。

　　那麼，原來的形容詞或副詞又該怎麼稱呼呢？一般就叫做原級。通常比較級的形態是「原級＋er」，最高級是「原級＋est」。

接下來,我們就來探討一下比較級的變化與使用方式吧。

基礎文法 1　比較句型的變化方法

剛才在前面已經提過,形容詞或副詞的比較級是「原級 + er」,最高級則是「原級 + est」。當然,這是指一般性的用法。

(1) 規則變化形

◆ -er, -est 變化形

由一個音節所構成的大部分單字,以及由兩個音節組成的部分單字,其比較級的字尾加 -er,最高級的字尾加 -est,這就是規則性變化的形態。

對了!差一點就忘了呢!**最高級還必須在前面加上定冠詞 the**。

原級	比較級	最高級
young	younger	youngest
long	longer	longest
short	shorter	shortest
fast	faster	fastest
tall	taller	tallest

He is **taller** than me.　他比我高。

He is **the tallest** man in the world.　他是世界上最高的人。

注意唷!

雖然是規則性的變化,但是在以下的情況仍必須注意一些小細節。

① **字尾是 e 的單字，加 "-r / -st"。**
large - larger - largest　　　wide - wider - widest

② **字尾是「子音＋y」的單字，將 y 改成 i 再加 "-er / -est"。**
happy - happier - happiest　　early - earlier - earliest

③ **字尾是「短母音＋短子音」的單字，重複最後一個子音再加 "-er / -est"。**
big - bigger - biggest　　　　hot - hotter - hottest

◆ more, most 變化形

　　兩個音節的部分單字，和三個音節以上的大部分單字，都可以用以下的方式變成比較級與最高級。

$$\text{more ＋原級＝比較級}$$
$$\text{most ＋原級＝最高級}$$

　　尤其，**兩個音節的單字中，字尾是 -ful、-ous、-ing、-ive、-less、-ish 的單字，以及三個音節以上的單字，都是在前面加上 more 或 most**。

　　至於為什麼不是在字尾加 -er 或 -est，而是在前面加上 more 或 most 呢？這是因為，如果單字本身已經是一長串的字母，還要在字尾加字，這樣會在發音上造成困擾，而產生溝通上的阻礙。因此，才會在兩個音節和三個音節以上的單字的前面加上 more 或 most。

　　useful 有用的 ➜ more useful － most useful
　　famous 有名的 ➜ more famous － most famous

afraid 害怕的 → **more** afraid － **most** afraid
alive 活著的；有活力的 → **more** alive － **most** alive
lacking 欠缺的 → **more** lacking － **most** lacking
creative 有創造力的 → **more** creative － **most** creative
important 重要的 → **more** important － **most** important
interesting 有趣的 → **more** interesting － **most** interesting

注意唷！

請記得，敘述性用法的形容詞也可以加上 more 或 most 來完成比較級形態。敘述性用法的形容詞是指「總是當補語使用的形容詞」，通常是以 "a" 開頭的單字最普遍，如下例的 afraid, alive 等。

afraid 害怕的 → **more** afraid － **most** afraid
alive 活著的；有活力的 → **more** alive － **most** alive

(2) 不規則變化形

◆ 共用一種形態的情況

不規則變化的比較級和最高級，與原級長得完全不一樣。不僅如此，有些單字的原級雖然不同，卻共用相同的比較級和最高級，請看下表的整理。

原級	比較級	最高級
good 好的；well 健康的，好的	better	best
bad 壞的；ill 疼痛的	worse	worst
many 多數的；much 多量的	more	most
little 少量的，年輕的	less	least

「她的」，所有代名詞，內容詳見 p.47

His answer is better than hers. (good ⇨ better)

他的答案比她的更好。

102　PART 2 詞性，了解單字的性質

You speak Chinese better than Mr. Lin. (well ⊃ better)

你的中文說得比林先生還要好。

She has more CDs than me (= I do). (many ⊃ more)

她擁有比我更多的 CD。

小心唷！

在比較級的句子當中，than 後面的代名詞必須和主詞的性質相同，比方說主詞是主格代名詞，其比較對象也必須是主格代名詞，主詞是所有格代名詞，其比較對象也必須是所有格代名詞。

◆ 變成兩種形態的情況

我們在前面已經看過，不同的原級可以共用相同的比較級與最高級的情形。

不過，也有相反的情形。意即只有一個原級，比較級和最高級卻有兩種變化。當然，所表示的含意也就會不同。

原級	意義	比較級	最高級
late 時間或順序遲了	時間	later 更晚的；以後的	latest 最近的；最新的
	順序	latter 後方的；後者	last 最後的；僅剩的
old 年齡較大或輩分較高	年齡	older 年齡較大的	oldest 年齡最大的
	輩分	elder 較年長的	eldest 最年長的
far 距離或程度上的遠近	距離	farther 更遠的	farthest 最遠的
	程度	further 更進一步的	furthest 最大程度的

The sun sets later in summer than in winter.

太陽在夏天比冬天更晚落下。

The **latter** part of the story is more exciting. 這個故事的後半部更有趣。

Tom is the **eldest** son in our family. 湯姆是我們家的長子。

Tom is **older** than my **elder** brother. 湯姆比我哥哥的年紀還要大。

I can't walk any **farther**. 我再也走不動了。

I can't work any **further**. 我再也沒辦法做事了。

基礎文法 2　比較句型的用法

比較用法除了比較級和最高級之外，還有其他很多種延伸用法。

(1) 原級的比較句型

as＋原級＋as...　➡　…和…是一樣的

喔！原來是這樣啊。一想到比較句型還以為只有「A比B好」、「三個之中C最高」這種表達方式，原來「A和B是一樣的」，這也是屬於比較用法的句型呢。

因此，要表達像「和…一樣的程度」這種含意時，可以用「as＋原級＋as...」的用法。

Tom is **as tall as** John. 湯姆和約翰一樣高。

He works **as hard as** my father. 他像我爸爸一樣努力工作。

比較句型的用法

not as (so)＋原級＋as... ➡ 並不像…那樣…

進行比較的時候，不見得 A 和 B 總是一樣的，也有 A 不像 B 的情況，這時就要使用 "not as...as..." 或 "not so...as..." 的句型，中文的意思就是「並不像…一樣…」。在美國較常使用 "not as...as" 這個用法。

My garden is not as large as yours. 我的庭院不像你的庭院那麼大。
I can not run as fast as my brother. 我沒辦法像我哥哥跑得那麼快。
He doesn't study as hard as you. 他不像你這麼用功。

...times as...as... ➡ …的…倍

接下來，要學的是「幾倍」的形容法。這種說法就像是中文裡的「比我多三倍」或「比起去年增加了兩倍」，而英文就是用 "...times as...as" 這個句型。這裡的 times 不是指「時間」，而是「（幾）倍、（幾）次、（幾）回」的意思。

Lesson 4 比較句型的用法　105

He has three times as many books as me (=I do).

他的藏書比我多三倍。

(2) 比較級的比較句型

◆ 比較級，基本的比較原則是 1：1

兩個人或兩樣物品彼此較量的句型，稱為「比較句型」。也就是說，比較句型只能用相同的東西做比較。至於比較級的用法，已在前面幾個章節中出現過不少次囉。

比較級＋than ➡ 比⋯更⋯

Ariel can swim faster than Helen. 愛麗兒能夠游得比海倫更快。
Health is more important than wealth. 健康比財富更重要。

◆ 比較級的強調方法

若是想強調原級的形容詞，會在副詞前加 very。那想強調比較級呢？就用 much, even, far 等。

Ada plays the piano much better than me.

艾達鋼琴彈得比我好得多。

注意唷！

利用「a little＋比較級」，可以表達「比⋯更⋯一點」的意思。

William is a little taller than Jeff. 威廉長得比傑夫更高一點。

◆ the ＋比較級

前面強調過，最高級前面一定要加上 the。原則上，比較級不需要加 the，但在以下的慣用句當中，就是一些例外的情況。

> the＋比較級…, the＋比較級…
> ➡ 越…就越…

The higher we go up, the colder it becomes.
我們越往上爬就越冷。

比較句型的用法

☕ Grammar Café

像雪一樣白、像蜜蜂一樣忙碌？

我們已經學過「與…一樣…」的表達方法，我們來看看以下的例句。

This car is as white as snow.
這部車子像雪一樣潔白。　　➡ 真的很白

My father is as busy as a bee.
我的爸爸像蜜蜂一樣忙碌。　　➡ 十分忙碌

讀者們覺得這樣的中文翻譯如何？像雪一樣白？像蜜蜂一樣忙碌？感覺不太口語耶！其實像這種句子，「意譯」會比「直譯」來得恰當。所謂「意譯」，就是不逐字翻譯每個英文字，卻能更清楚地傳達語意的翻譯方式。

既然是要形容比雪還要白，我們就可以翻成「這部車真是白得發亮」，會比較清楚明瞭；同樣的，把爸爸比喻成蜜蜂，倒不如直接說「爸爸十分忙碌」，這樣的翻譯方式，相信會更為貼切。

Lesson 4 比較句型的用法　*107*

> **the ＋比較級＋of the two**
> of the two 跟在後面，比較級就要加 the

「本來就是要比較兩者之間的用法，為什麼還要加上 of the two 呢？」相信很多人都有這種疑問，不過，確實有些情況會使用到 of the two，藉以表示「強調」的含意。<u>以上這種情形，就是因為強調了「限定在這兩者之間」語意，所以比較級前面，必須加 the</u>。

Beth is the younger of the two girls.
那兩個女孩當中，貝絲比較年輕。

> **(all) the ＋比較級＋because (for)...**

<u>表示「理由」的介系詞或連接詞跟在後面時，比較級要加 the</u>。因為這樣才能限定 because 後面所說明的語意。
而 all 因為是強調的作用，在句中是可有可無的。

I like you (all) the better for your faults.
正因為你有缺點，所以我更喜歡你。

◆ 源自拉丁語的比較級

來自拉丁語的比較級形容詞（大部分是字尾以 -ior 結束的單字），<u>一般來說會以介系詞 to 代替連接詞 than</u>。

例如：superior to（比⋯優秀的）；inferior to（比⋯劣等的）；senior to（比⋯年長的）；junior to（比⋯年幼的）。

動詞當中也有類似的情況，就是 prefer A to B（喜歡 A 多過 B）這種句型，也是用 to 代替了 than。

This bicycle is superior to that one. 這輛腳踏車比那輛更好。
I prefer walking to riding. 比起搭車，我更喜歡走路。
I prefer coffee to tea. 比起紅茶，我更喜歡咖啡。
＝I like coffee better than tea.

小心唷！

源自拉丁語的比較級（senior, junior, inferior, superior, preferable 等）前面不加 more。為什麼呢？因為這些單字本身就具有「比⋯更⋯」的意思存在啊。

This camera is superior to that one.（○）
這台相機比那一台更好。
Poverty is preferable to ill health.（○）
貧窮總比生病好。

preferable 是「比⋯好；更好」意思的形容詞，本身就具有比較的含意。

(3) 最高級的比較句型

比較的對象不見得總是只有兩個，有時候也會有三個以上的對象。而最高級就是指「在眾多對象當中最⋯」的用法。

◆最高級的形態與意義

表達最高級時要加 the，原因是最高級在比較的範圍中會產生限定的意義。

在以下的例句中，其比較範圍是 of the five / in our class。

She is the youngest of the five. 她是這五個人當中年紀最小的一個。
She is the most honest in our class. 她在我們班上是最正直的人。

◆ 以原級或比較級的句型表示最高級

只利用原級或比較級，也能表達最高級的意義喔！

下面的例子會將「聖母峰是世界最高的山」這個句子用不同的說法呈現。如果各位能夠將這種多樣化的表現手法運用自如，那麼，你已經將比較級的用法徹底學會囉！

> 否定主詞＋as＋原級＋as...

No (other) mountain in the world is as high as Mt. Everest.
世界上沒有任何山峰和聖母峰一樣高。

> 否定主詞＋比較級＋than...

No (other) mountain in the world is higher than Mt. Everest.
世界上沒有任何山峰比聖母峰更高。

> 肯定主詞＋as...as＋any＋名詞

Mt. Everest is as high as any mountain in the world.
聖母峰比世界上任何一座山都要高。

以上這個句子直譯是「聖母峰和世界上任何一座山一樣高」，

比較句型的用法

但實際上它的意思是指「聖母峰比世界上任何一座山都要高」，也就是說「沒有比聖母峰更高的山」。

肯定主詞＋比較級＋ than any other ＋單數名詞

Mt. Everest is higher than any other mountain in the world.

聖母峰比世界上任何其他一座山都要高。

注意唷！
若比較的對象為其他不同的種類時，不加 other。

My cat is more faithful than any dog.

我的貓比其他任何一隻狗都還要忠誠。

My cat is more faithful than any other cat.

我的貓比其他任何一隻貓都還要更忠誠。

◆ 請注意最高級後面出現的介系詞

◎「最高級＋ in ＋表示區域或團體的單數名詞」。

最高級後面出現表示區域或團體的單數名詞時，要使用介系詞 in。

He is the most hardworking in his class.

他是在他的班級裡最用功的一個。

◎「最高級＋ of ＋ all ＋和主詞同類的複數名詞」。

如果後面接的是和主詞同種類的名詞，則必須使用「of ＋複數名詞」的形態。

Mt. Everest is the highest of all mountains in the world.

聖母峰是世界上最高的山。

◆ 不加 the 的最高級

即便是最高級，也有不加 the 的情況。會不會是沒有被限定的用法呢？看看下面的解釋吧！

> 副詞的最高級，
> 不加 the

He works best early in the morning.

他在早上的時候，工作狀況最佳。

best 是副詞 well 的最高級，在這裡修飾動詞 works，故不加 the。

> 表示同一個人或同一個物品的最高級狀態，
> 不加 the

She feels happiest when she reads.

她在閱讀時感到最幸福。

happiest 是指以她和自己（同一人）為比較對象，雖然是最高級，但不加 the。

PART 3 句子是如何構成的？

LESSON 5 句子在意義上的種類

LESSON 6 句子的 5 種形式

Lesson 5 句子在意義上的種類

英文句可分為直述句、疑問句、祈使句、感嘆句、祈使句等。直述句是最普通的句子，疑問句是提出疑問的句子，祈使句就像是「去做…；別做…」這樣命令對方的句子。感嘆句則有「哇，太帥了！」，類似這樣表達個人情緒的句子。接下來，我們就開始來了解這些多樣化的句子種類吧！

基礎文法 1　直述句

以陳述的形式呈現的句子稱為直述句，又叫說明句。直述句是由「主詞＋動詞＋…」的語序所構成的。我們在日常生活裡所用的句子，大部分都是直述句，因此又有「直接的陳述句子」的意思。

He is a student. 他是個學生。
He lives in New York. 他住在紐約。

基礎文法 2　疑問句

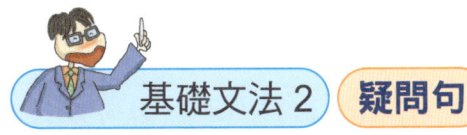

「疑問句」當然就是指表達疑問的句子囉！

Do you play the piano? 你彈鋼琴嗎？

不過，在這世界上並不是只有這種疑問句而已。

<u>疑問句大致上可分為「沒有疑問詞的疑問句」與「有疑問詞的疑問句」</u>。至於我們在前面章節中已經學過的疑問句，多半都是屬於沒有疑問詞的疑問句。

那麼，有疑問詞的疑問句是什麼樣子呢？

(1) 利用疑問詞的疑問句

讀者們知道什麼叫做「六何原則」嗎？它的意思是指各種疑問。英語中也有所謂的六何原則，不過它叫做「5W1H 原則」。

Lesson 5 句子在意義上的種類　115

5W1H 就是由這六種疑問詞所構成的：who（誰），when（何時），where（何地），what (which)（何物），how（如何），why（為何）。所以說，字詞本身具有疑問含意的詞性，就稱為疑問詞。

接下來在這個章節裡，我們要探討疑問句的用法、造句方法，以及回答疑問句的方法。

◆ 疑問代名詞

疑問代名詞是指「扮演代名詞角色的疑問詞」，例如 what, who, which... 都屬於此類。當疑問詞置於句首時，這個句子就形成了所謂的疑問句。

① **一般動詞的疑問造句法**。

> 疑問詞＋助動詞 do＋主詞＋動詞原形...？

What do you want? 你想要什麼？
➡ **I want a ring.** 我想要一只戒指。

有疑問詞的疑問句，回答時不能用 yes 或 no。哈哈！這是當然的嘛！假設有人問你：「你吃了什麼？」你卻回答：「是啊，吃過了。」這不是答非所問嗎？

重點提示

一般來說，擔任助動詞角色的 do，應該隨人稱或時態而有所變化。第三人稱單數要用 does，過去式時態則是 did，這是最基本的使用原則。

② **be 動詞的疑問造句法**。

疑問詞＋ be 動詞＋主詞...？

What is the price? 多少錢？
⇒ **It's ten dollars.** 十塊美金。

Which is your glass? 你的杯子是哪一個？
⇒ **This is mine.** 這個是我的。

回答這類疑問句當然不能用 yes 或 no，應該要有具體的回答。

注意唷！

What is...? 這個問句，除了有「什麼…？」的含意之外，還可以用來詢問對方的職業。What is your father? 可以縮寫為 What's your father?（你的父親從事什麼職業？）回答可能是 He is a teacher.（他是個老師。）這類的答案。
What is your father? 問的是職業，若是把這句話解讀成「你的父親是什麼？」就不太好聽了，如果答案是「我的父親是個機器人。」也挺奇怪的，哈哈！或許，到了 25 世紀，這樣的回答會變得很普遍喔！

③ **當疑問代名詞是主詞時**。

疑問詞＋動詞...？

前面已經提過，疑問代名詞可以用來當作補語或受詞的角色，就像「吃了什麼（受詞）？」、「那是什麼（補語）？」一樣。

Lesson 5 句子在意義上的種類　*117*

其實，疑問代名詞也可以擔任主詞的角色，像是「是誰吃的呢？」、「有什麼呢？」這樣的意思。在這種情形下，疑問句的語序不但會有一些改變，主詞前面也不需加上助動詞。既然沒有助動詞，動詞就必須隨著不同的情況加上 -s 或 -es，而回答的句型則是「主詞＋do 動詞」或「主詞＋be 動詞」。

> 主詞 who 視為第三人稱單數，故用 lives

Who lives in that house? 是誰住在那棟房子裡？
🡆 **Our teacher does.** 我們的老師。

> 主詞 what 視為第三人稱單數，故用 is

What is in the box? 箱子裡有什麼呢？
🡆 **My book is in the box.** 我的書在箱子裡。

注意喲！

當 who 或是 what 當主詞時，應該視為第三人稱單數，動詞也要跟著做變化。注意！只有擔任主詞時才能這麼做。那麼，請看看以下的例句，這個句子是正確的嗎？

Who is in the room? 是誰在房間裡？
My friends are. 是我的一群朋友。

咦！這個例句裡所說的朋友是用複數，所以不就應該是 who are 嗎？

不，不是這樣的。即使回答是複數形態，但是 who 當主詞時仍然視為第三人稱單數，因此應該使用單數的動詞。

所以，例句中的問與答都是正確的。

> Who are you?（你是誰？）這句的 who 當補語角色，所以動詞用 are。

◆ 疑問形容詞

若在疑問詞 what 和 which 後面接名詞，這就稱為「疑問形容詞」。即使是疑問詞，只要它放在名詞前面修飾名詞，它當然就屬於形容詞囉！

修飾 color 的疑問形容詞，是指「什麼（顏色）」

What color is your car? 你的車子是什麼顏色？

○ It's white. 它是白色的。

修飾 season 的疑問形容詞，意指「哪一個（季節）」

Which season do you like best? 你最喜歡哪一個季節？

○ I like winter best. 我最喜歡冬天。

注意唷！

倍受「人物」禮遇的 "who"，有自己的受格和所有格！

值得特別一提的是，who 無法表達「是誰的」這樣的含意；不過，倒是有一個 whose（誰的）的疑問形容詞可以代替使用。

Whose umbrella is this? 這是誰的雨傘？

○ It's mine. 是我的。

Lesson 5 句子在意義上的種類 *119*

不只如此，who 也不能用來表達「誰的」這個含意的受詞，表示受詞含意時要用 whom；因此，who 有屬於自己的所有格 "whose" 和受格 "whom"，"who" 只能被當作像 I, he, we... 等「主格」來使用。

◆ 疑問副詞

學過了「疑問代名詞」、「疑問形容詞」兩種疑問詞，那讓你猜猜看，有沒有「疑問副詞」呢？

當然有囉！**疑問副詞，指的是「疑問詞當副詞用」的情況。**

疑問副詞有 when（何時）, where（何地）, how（如何）, why（為何）等四種。

When is your birthday? 你生日是什麼時候？　　詢問「時間」的疑問副詞
◯ **It's October 13.** 是十月十三日。

Where do you live? 你住在哪裡？　　詢問「場所」的疑問副詞
◯ **I live in Taipei.** 我住在台北。

How can I get to the station? 請問車站該怎麼走？　　詢問「方法」的疑問副詞
◯ **Go straight and turn to the left at the second corner.**
直走，然後在第二個街角左轉。

Why is John absent today?　　詢問「原因」的疑問副詞
為什麼約翰今天缺席了？
◯ **Because he is sick.** 因為他生病了。

How is your father? 你父親還好嗎？　　詢問「狀態」的疑問副詞
◯ **He is fine.** 他很好。

◆ 「How＋形容詞」當作疑問詞

　　how 後面若是出現像 old, tall, high, long, many, much... 等形容詞時，記得都當疑問詞使用。

How old are you? 你幾歲？　　詢問「年齡」
◯ **I'm thirteen years old.** 我十三歲了。

How tall is he? 他有多高？　　詢問「身高」
◯ **He's 170 centimeters tall.** 他身高一百七十公分。

Lesson 5 句子在意義上的種類　*121*

How long is that bridge? 這座橋有多長？　　　　詢問「長度」
◯ It's 800 meters long. 有八百公尺長。

How many books do you have? 你有多少書？　詢問「數量（可數名詞）」
◯ I have twelve. 我有十二本書。

How much money do you have? 你有多少錢？　詢問「數量（不可數名詞）」
◯ I have five thousand dollars. 我有五千元。

小心唷！
即使是以 old（年老的）, tall（高的）, many, much（許多的）來詢問，也不能直接想成「有多老，有多高，有多多」。因為在問法上來說，不管身高有多「矮」，疑問句仍是 How tall... 做開頭；同樣的，也不管年齡有多「小」，疑問句仍是 How old... 做開頭。

（你有多老啊？）

注意唷！
有些時候，也會以「How ＋副詞」作為疑問詞。

How far is it from here to the station? 詢問「時間」或「距離」

從這裡到車站有多遠？

◯ **It's about 700 meters.** 大約有七百公尺。

How often do you go to the movies? 詢問「間隔、頻率」

你多久看一次電影？

◯ **Once a week.** 一個禮拜一次。

(2) 選擇性疑問詞

採用「哪一種？」、「或者是…」這樣的問法，就要使用「選擇性疑問詞」。在一般的疑問名詞後面加 or，會形成「是…還是…呢？」這樣的選擇性疑問句，而對應的回答句當然就是「是這個」或「是那個」囉！

Is he Korean or Japanese? 他是韓國人，還是日本人呢？
◯ **He is a Korean.** 他是韓國人。

Do you want butter or jam? 你想要奶油，還是果醬？
◯ **I want jam.** 我要果醬。

注意唷！
閱讀選擇性疑問句時，在 or 前面的句子，語尾的聲調必須要上揚；而在 or 後面的句子，語尾的聲調則必須降低。

> To be, or not to be, that is a question.

> 選擇性疑問句應該是前面語調要拉高，後面的語調要降下來。

注意唷！
以 which 開始的疑問句裡，也會出現像選擇性疑問句一樣「A 還是 B？」的形式。

Lesson 5 句子在意義上的種類　123

這裡是問要「哪一種」的疑問代名詞

Which do you want, tea or coffee? 你要喝茶還是咖啡？
⇨ **Coffee, please.** 請給我咖啡。

(3) 附加問句

為了確認對方的主張或想法或徵求對方意見，在句子後面追加簡短的疑問構句，稱為「附加問句」。

<u>若前面的句子為肯定語氣時，附加問句就是「否定」的形式，前面的句子若為否定語氣時，附加問句就是「肯定」的形式。</u>

附加問句的助動詞、時態、主詞的代名詞…等這些形態，必須以前面的句子為主。

「附加」是指追加的意思，也就是說，「附加問句」是加在直述句後面的疑問句。各位懂了嗎？

附加問句

今日文法：附加問句

Tom loves Mary, doesn't he? 湯姆愛瑪莉，不是嗎？
Tom doesn't love Mary, does he? 湯姆不愛瑪莉，是嗎？

注意唷！

若附加問句是否定句時，助動詞要用縮寫。
徵求對方意見或想確認不確定的事實時，句尾的聲調要拉高。
另外，附加問句可用 yes 或 no 來回答。

基礎文法 3　祈使句

要求對方「做…」、「不可以…」，這樣的句型就稱為「祈使句」。

一般來說，祈使句是省略主詞，以原形動詞開頭的。但為什麼要省略主詞呢？道理很簡單，因為祈使句的主詞一定是 you 啊！

假如祈使句的動詞是 be 動詞時，句子的開頭就是動詞原形 be。

Close the door. 把門關上。

到底是要誰去關門啊？就是眼前的「你」啊！

Listen to me. 聽我說。

Be quiet. 安靜！

否定祈使句造句時，只需要在句子前面加 Don't 就行了！
祈使句的否定形態：Don't ＋動詞原形

Don't drink the water. 別喝水。

Lesson 5 句子在意義上的種類　125

注意唷！

「Let's ＋動詞原形」的形態是間接祈使句，意思是「我們來做…。」

肯定的回答 ➡ **Yes, let's.** 好啊，就那麼做。

否定的回答 ➡ **No, let's not.** 不行，我們不能那麼做。

也有經常以 "That's a good idea."（好主意。）來代替 "Yes, let's." 的用法。

Let's play baseballl. 我們來打棒球吧。
➡ **Ok, let's play.** 好啊！我們來打棒球。
➡ **That's a good idea.** 好主意。
➡ **No, let's not.** 不要！我們不要打棒球。

基礎文法 4　感嘆句

「感嘆句」是表達個人情緒的句型。不論聽者的反應如何，表示說話者感覺的句子都統稱為「感嘆句」。「感嘆句」大部分不用去設想對方的反應。

通常，**感嘆句常省略「主詞＋動詞」**，是比較自由的用法；中文裡也有很多這樣的用法。

What a sunny day! 哇，多麼晴朗的天氣啊！
It is a sunny day. 今天天氣晴朗。

兩句比較起來，各位覺不覺得，前一個例句更能營造出驚嘆的氣氛呢？因此，感嘆句一般傾向於使用省略主詞和動詞，接下來，就讓我們來進一步了解感嘆句的結構。

(1) 強調名詞的句型

What（＋a / an）＋形容詞＋名詞（＋主詞＋動詞）！

What a beautiful flower (that is)! ➡ 感嘆句
＝That is a very beautiful flower. ➡ 直述句

那朵花真美！

What pretty shoes (they are)! 那雙鞋子真漂亮！ ➡ 感嘆句

What nice weather (it is)! 真是個好天氣！ ➡ 感嘆句

What 後面是接複數名詞 shoes，所以不能用不定冠詞（a, an）；而 weather 是不可數名詞，故不用 a 是當然的囉。

(2) 強調修飾語的句型

> How＋形容詞（副詞）＋（主詞＋動詞）！

How pretty (she is)! 她真的長得很漂亮！
How fast (he runs)! 他真的跑得很快！

注意唷！

感嘆句和疑問句可說是完全不同的句型，但在某些地方會容易產生混淆。我們來看看以下這兩個例句。

How old are you? 「How old＋動詞＋主詞」的語序 ➡ 疑問句
How old you are! 「How old＋主詞＋動詞」的語序 ➡ 感嘆句

這兩個例句看來很類似，整個句型當中只有主詞和動詞的順序不同。不過，這個小小的差異，可是會讓句子的意義大大不一樣呢！

第一個例句的意思是「你幾歲？」，那麼第二句呢？因為是感嘆句，所以是「你好老！」的意思喔！

Lesson 6 句子的 5 種形式

在英語的表達方式當中,有許多不同的句型;
而大部分的句型,
都是依照動詞的性質來決定的。
所以,在這個章節中就是要探討,
因為動詞而變化衍生出的五大句型。

基礎文法 1　主語與述語

　　句子是由構成主體的「主語」和說明其主語的「述語」組合而成的。主語可以由單一的單字構成,但也可以有修飾語一同出現。

　　「主語」最大的特色在於有主詞,「述語」最大的特色則是有動詞。透過以下的圖表,讓我們了解一下主語與述語。

主語	述語
Some students in the room	speak English very well.
主詞	動詞
房間裡有一些學生	英語說得很好。

基礎文法 2　句子的基本要素

完成句子必須要有四項要素，當然，一個句子裡，有可能這四項要素會同時出現，也有可能只出現一部分。究竟是哪四項要素呢？答案就是**主詞、動詞、受詞和補語**。

這四項要素可說是句子的骨架，因此，才被稱為是基本要素。我們在前幾個章節當中，其實都大略了解過這些了。大家可以試著回想看看！

(1) 主詞 (Subject)

擔任主語重心的，就是主詞。那麼，誰可以作為主詞呢？**可以成為主詞的人選，包括名詞、代名詞以及名詞性詞語。**

什麼是「名詞性詞語」啊？就是指一些具有名詞的性質，可以作為名詞使用的詞語，包括：名詞片語、名詞子句、不定詞片語、動名詞片語、分詞片語、介系詞片語。

◆ 名詞作為主詞

　　Stars are twinkling in the sky. 星星在天空中閃爍。

◆ 代名詞作為主詞

　　He came yesterday. 他昨天來過了。

◆ 名詞性詞語作為主詞

　　To get up early is good for your health. 早起有益健康。
　　「不定詞＋副詞」構成的不定詞片語，當作名詞使用，藉以表達「早起」的意思。不定詞片語作主詞時視為第三人稱單數，動詞也要使用第三人稱單數的形式。

(2) 動詞 (Verb)

　　<u>動詞是用來描述主詞的動作或狀態，也就是述語的重心所在</u>。事實上，英語的文法大部分都是與動詞形態的變化有關。例如現在式、過去式、未來式、完成式、假設語氣、不定詞、動名詞等，都是利用動詞的變化來形成各式各樣的時態。

These shoes **are** big enough. 這些鞋子夠大了。

Tom **loves** to play soccer. 湯姆喜歡踢足球。

(3) 受詞 (Object)

　　「受詞」是<u>動詞進行動作的對象，也就是句子當中承受動作的對象</u>。例如：「你吃什麼？」、「我吃麵包。」句中的吃是動作，那吃的是什麼？吃的是「麵包」，這個「麵包」就是受詞。

　　像主詞一樣可以當受詞的有名詞、代名詞、名詞性詞語等。所以我們可以這麼說：「受詞和主詞是好鄰居」喔！

　　受詞的要素與主詞相同，這件事情是非常重要的。為什麼呢？<u>**因為同樣的要素可以當作主詞，也可以當作受詞來使用**</u>，這也成就了主動語態和被動語態的用法。主動語態和被動語態？大家是不是對這個名稱感到很陌生吧？就請再忍耐一下囉！我們將在本單元後半部「被動語態」的章節中深入探討。

此外，一個句子裡也可能一次使用兩個受詞，請繼續看以下的說明。

◆ 單一受詞時

She plays the piano very well. 她很會彈鋼琴。

彈的樂器是什麼？是鋼琴。所以 piano 是這個句子裡唯一的受詞。

◆ 同時有兩個受詞時

在有些情況下，動詞之後會接兩個受詞。置於前面的受詞稱為間接受詞，解釋為「給…」。置於後面的受詞則稱為直接受詞，解釋為「把…」。

I gave him a camera. 我把相機送給了他。
　　　間接受詞　直接受詞

授予的對象（間接受詞）是什麼？是「他」。
給予的物品（直接受詞）是什麼？是「相機」。

(4) 補語 (Complement)

有些動詞本身無法傳達完整的語意，在這種情況下，必須使用其他詞語來做補充說明，這種詞語被稱為「補語」。

這個部分我們已經在前面的章節學過了，大家還記得嗎？

可用來當補語使用的，有名詞、代名詞、形容詞或是其他具有其相同性質的詞語。啊…又來了！「相同性質的詞語」是什麼？再提醒一次，「相同性質的詞語」就是可以扮演名詞、代名詞、形容詞角色的詞語。

◆ 主詞補語

「**主詞補語**」的作用是補充主詞的含意。若是名詞當補語，則「主詞＝補語」的關係是成立的；但要注意喔，若是形容詞當補語，則是「主詞≠補語」。

He is a teacher. 他是一位老師。
He＝teacher

He looks happy. 他看起來是幸福的。
He≠happy：這裡的「幸福的」作為主詞補語，只能用來修飾，並不完全等同於主詞。

◆ 受詞補語

「**受詞補語**」用來補充說明受詞。

We call her an angel. 我們都叫她天使。
　　　　受詞　受詞補語

I found the cabinet empty. 我發現櫥櫃是空的。
　　　　受詞　　　受詞補語

在第一個例句中，angel 指的是主詞 we 嗎？不是，其實 angel 說明的是句中的受詞 her。所以 an angel 就是受詞補語。

至於在第二個例句中，「空」的是受詞 cabinet，並不是「我」，所以 empty 就是這個句子的受詞補語。

基礎文法 3　五大句型

我們已經學過構成句子的基本要素，以此為基礎，接下來我們來了解一下各種句型。雖然句型很繁雜，不過，這些可是了解英語句子構造相當重要的一環喔！

句型，是依照動詞的性質來決定的。

「這麼說，句子有五種形態，那麼，動詞應該也有五個種類囉？」

一點也沒錯！**動詞可分為五大種類，句子的形態也分為五種。這也就是所謂的五大句型。**

句型	句子的構成要素	動詞的種類
第 1 型	主詞＋動詞 (S＋V)	完全不及物動詞
第 2 型	主詞＋動詞＋主詞補語 (S＋V＋C)	不完全不及物動詞
第 3 型	主詞＋動詞＋受詞 (S＋V＋O)	完全及物動詞
第 4 型	主詞＋動詞＋間接受詞＋直接受詞 (S＋V＋I.O.＋D.O.)	授予動詞
第 5 型	主詞＋動詞＋受詞＋受詞補語 (S＋V＋O＋C)	不完全及物動詞

＊附註：S＝Subject（主詞）；V＝Verb（動詞）；C＝Complement（補語）；O＝Object（受詞）；I.O.＝Indirect Object（間接受詞）；D.O.＝Direct Object（直接受詞）

重點提示

第 1 種句型是「主詞＋動詞」，但是別以為這種句型都只會出現兩個單字喔！像以下這個例句，也是屬於第 1 種句型。構成句子的要素包含了主詞、動詞、補語與受詞，但不包括副詞、介系詞片語這些要素。因此若詳加分析，我們會發現，即使是很冗長的句子，有很多的時候都是屬於第 1 種句型。

It rained heavily in the morning.　➡ 第 1 種句型
主詞　動詞　　副詞　　介系詞片語

早上雨下得很大。

Lesson 6 句子的 5 種形式　**135**

(1) 完全動詞與不完全動詞

在深入了解五大句型之前，我們先來探討關於動詞種類的百態。**動詞種類可分為完全不及物動詞、不完全不及物動詞、完全及物動詞、不完全及物動詞，還有授予動詞**。那麼，究竟什麼是「完全」，什麼是「不完全」呢？請看以下的例句分析。

I cry. 我哭泣。

I am... 我是…

在第一個例句中，雖然句子很短，但是已經明確地表達語意，所以是一個完整的句子；反觀第二個例句，句子的語意不明，所以不能算是一個完整的句子。若一個句子是以 be 動詞「是…」來表達，就必須搭配補充語意的詞語。

舉例來說，在 "I am a boy." 中看得出主詞的身分是 boy，"I am a tiger" 中，主詞的身分是 tiger；但只有 "I am..." 並不能表達出「是什麼？」的句意。這種動詞就是所謂的不完全動詞，**意即需要搭配補語的動詞，就是不完全動詞**。相較之下，cry 這種動詞就屬於完全動詞。

此外，be 動詞若是用來表達「存在」的意思，那麼，這時候它就屬於完全動詞。因此，"Here I am." 的意思就是「我在這裡」。

(2) 不及物動詞、及物動詞、授予動詞

接著，我們要來探討不及物動詞與及物動詞。這兩種動詞究竟有什麼差別呢？看看下面的例句分析，你就會了解了。

You run. 你在跑步。
You like... 你喜歡…

在第一個例句中，整個句子的含意已經很清楚；相反的，第二個例句就語焉不詳，雖然「主詞＋動詞」的結構足以構成一個句子，不過由於詞不達意，仍不能算是一個完整的的句子。

「讓人看不懂，他到底喜歡什麼？」

沒錯！必須要有個喜歡的目標物，語意才會顯得明確。像這樣，**需要搭配受詞使用語意才會完整的動詞，就稱為及物動詞**。及物動詞，必須要有個施行動作的對象，才能完整地闡述意義。

現在，我們來將以上的內容整合一下：

① **只要有主詞就能表達完整詞意的動詞**，叫做「完全不及物動詞」。
② **必須配合主詞補語使用的動詞**，叫做「不完全不及物動詞」。
③ **必須配合受詞使用的動詞**，叫做「完全及物動詞」。
④ **必須同時和受詞與受詞補語一起使用的動詞**，叫做「不完全及物動詞」。

那麼，「授予動詞」又是什麼樣的動詞呢？授予動詞，顧名思義，是指「將物品送給別人」的意思。「授予動詞」的句型是五大句型中的第 4 種句型，因此，我們把這「授予動詞」的部分，留到之後探討「第 4 種句型」的時候，再做詳細的了解吧！

(3) 句子的形式

◆第 1 種句型 (S＋V)

由完全不及物動詞構成的句型是「第 1 種句型」。這個句型，不需要補語或受詞，是一種很單純的形式。

Birds fly. 鳥在飛。

The sun sets in the west . 太陽在西邊落下。
　　　　　　　介系詞片語

上面的例句中，in the west 是介系詞片語，不屬於構成句子的基本要素。即便只有 The sun sets.（太陽落下。）這個部分，亦可成為完整的句子。

◆第 2 種句型 (S＋V＋C)

由不完全不及物動詞所構成的句型是「第 2 種句型」。構成第 2 種句型具最代表性的動詞是 be 和 become，意思是「成為…」。除此之外，以下將其他重要的「不完全不及物動詞」整理為表格：

be	是…	She is a nurse. 她是個護士。
become	成為…	He became a singer. 他成為一位歌手。
look	看起來…	She looked happy. 她看起來是快樂的。
get	變成…	It got dark outside. 外面的天色暗了下來。
grow	變成…	He grew rich. 他變得富有。
seem	看起來…	She seems tired. 她看起來是疲倦的。
feel	覺得…	I feel sleepy. 我想睡了。
turn	轉變成…	The leaves turned red. 葉子變成紅色了。

◆第 3 種句型 (S＋V＋O)

同時具備「完全及物動詞」與「受詞」的是「第 3 種句型」，與「第 2 種句型」相較之下，它比較單純，整句話的意思也較清楚明瞭。

He teaches English. 他教英文。
He broke the windows. 他打破了玻璃窗。

◆第 4 種句型 (S＋V＋I.O.＋D.O.)

由「授予動詞」所構成的句型是「第 4 種句型」，授予動詞同時和兩個「受詞」合作。「授予動詞」是「將…給…（對象）」的意思，此時，

「給…」這個部分是「間接受詞」，通常是以「人」為對象；而「將…」這個部分是「直接受詞」，通常是以「物品」為對象。

I bought　her　　a ring． 我買了一只戒指送她。
　　　　間接受詞　直接受詞

He teaches　us　　English． 他教我們英語。
　　　　間接受詞　直接受詞

第 4 種句型變身成為第 3 種句型

我們已學過「第 4 種句型」會用到兩個受詞，不過在英語裡，把擁有兩個受詞的第 4 種句型變身為第 3 種句型，是有可能的喔！而且，即便是變身之後，整個句型一點都不會有不完整的情形。

不過，這其中還是有無法變身的特殊動詞，不過請各位放心，這種動詞並不多見。不可能有哪一種規則是沒有例外的，你說是吧？那麼，接下來，我們來練習將「第 4 種句型」改成「第 3 種句型」吧！

方法一：將 to 放在間接受詞前面！

若在第 4 種句型中的間接受詞前面加入介系詞 "to"，就會變成「to＋間接受詞」，我們稱之為「副詞片語」。大部分的動詞都可以透過這樣的方式「脫胎換骨」成為「第 3 種句型」，例如：give, bring, send, pass, show, tell, each, write, lend, read 等動詞。

我們來看看以下的例句說明。

He sent me this letter. 他寄了這封信給我。　〈第 4 種句型〉

⇨ **He sent this letter to me.**　〈第 3 種句型〉
　主詞　動詞　　受詞　　副詞片語

「副詞片語」並不是構成句子的基本要素。因此，這個例句是由 He（主詞）sent（完全及物動詞）this letter（受詞）所組成的「第 3 種句型」。

方法二：將 for 置於間接受詞前面！

有些情形則必須把 "for" 加在前面，成為「for＋間接受詞」的「副詞片語」；通常，是那些具有「奉獻」意義的動詞，例如：buy, make, get, build, order 等動詞，才會透過這樣的方式變身。

He bought the girl a new dress.　〈第 4 種句型〉
　主詞　　動詞　　間接受詞　　直接受詞

他買了一件新衣服給那個女生。

⇨ **He bought a new dress for the girl.**　〈第 3 種句型〉
　主詞　　動詞　　受詞　　　副詞片語

他為那個女生買了一件新衣服。

◆第 5 種句型 (S＋V＋O＋C)

由不完全及物動詞所構成的句子是「第 5 種句型」。我們在前面已經學過，所謂「不完全及物動詞」是指同時有「受詞」和「受詞補語」的動詞。此時，受詞和受詞補語的關係能夠使主詞和述語之間的關係成立。也就是說，受詞可以說是受詞補語的主人呢！

We call him **Denny**. 我們都叫他「丹尼」。
> 受詞 "him" 的名字是 Denny，Denny 是受詞補語

My joke made her **angry**. 我開的玩笑使她生氣。
> 生氣的是受詞 her，angry 是受詞補語

「make / have / let ＋受詞＋動詞原形」的句型是指「使…做…」的意思；原形動詞所描述的是「受詞」要去做的動作，所以也是「受詞補語」的角色。**像這種「指使他人去完成某件事」的動詞稱為「使役動詞」，整個句型的意思就是「使某人做某件事」的意思。**

英語裡的使役動詞很多，最常用的有 make, have, let。注意，使用這三個動詞的時候，**「受詞補語」必須使用原形動詞**。嚴格來說，它們其實是「原形不定詞」而不是原形動詞。不過我們還沒有學到「不定詞」，所以請大家暫時有這個基本觀念就可以囉。

PART 4 征服動詞的世界

LESSON 7　動詞的時態

LESSON 8　助動詞

LESSON 9　被動語態

LESSON 10　準動詞

Lesson 7 動詞的時態

在完成一個英語句子時，
最重要的核心是什麼？
答案就是「動詞」。
因為，除了一些特殊的句型之外，
所有的句子一定都不能少了「動詞」。

請看看以下的例句：

How nice it is! ➡ 英文裡，使用了 "is" 這個動詞。

哇！真棒。 ➡ 中文裡，沒有使用動詞，只用了形容詞。

　　從以上的範例可以看出，中文裡有些句子是不需要「動詞」的，但是在英語裡，「動詞」是不可或缺的喔！因此我們可以說，所有的英文句子都是以「動詞」為中心而成立的。我們要好好記住這個觀念，接下來就要學習有關「動詞時態」的部分了。

　　那麼，「時態」指的究竟是什麼呢？它指的是「時間的表示」，意即「表達句子隨時間的變化，而產生的某種狀態」。大家可別嚇傻了，因為在英語裡總共有十二種時態呢！不過當然囉，**我們所熟悉的現在式、過去式、未來式，這三種是最基本的。因此，我們又將這三種時態，稱為「基本時態」。**

在此章節中，我們要學習的是現在式、過去式、完成式以及進行式，至於未來式的部分，將在下個章節中再詳加探討。

中級文法 1　現在式

在一開始已提到現在式、過去式、未來式是三大基本時態。現在，我們就來了解一下「現在式」。

現在式，是用來表示「目前的事實或習慣，不變的真理」，是最普遍使用的時態。以下說明現在式時態的使用情形：

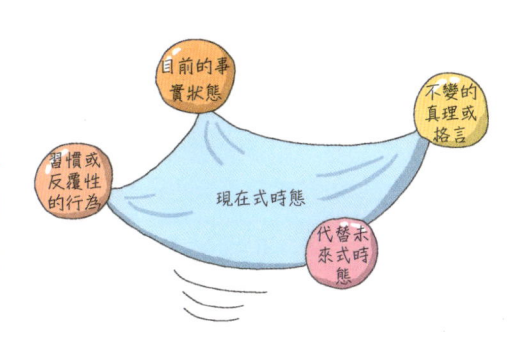

目前的事實狀態
不變的真理或格言
習慣或反覆性的行為
現在式時態
代替未來式時態

(1) 目前的事實或狀態

She has a talent for music. 她有音樂天分。
I am hungry now. 我現在肚子餓了。

請看看上面的例句原意，她是只有「現在」有音樂天分嗎？當然不是。所以應該說是在很早以前，甚至是打從出生開始，她就擁有這項天賦了。這麼說來，為什麼這個句子不是用過去式，而是用現在式呢？

因為，一個人的天賦不只是從很早以前就擁有的，而且在現在以及未來都會一直保持下去。因此，這樣的情形當然就會使用現在式囉。

(2) 習慣或反覆性的行為

I get up early in the morning. 早上我都早起。

He goes to America a few times a year.

這裡是指「數次、大約」的意思。詳見 p.78

他一年會去美國數次。

我們來看看第一個例句。這個句子是**指昨天、明天甚至是每一天都會早起的「習慣性動作」**，像這種情況，就要使用現在式時態。

至於第二個例句的含意也一樣，這個句子並不是指「現在」要去美國，而是表達「過去曾去過數次，將來也依然會去數次」的意思。

(3) 不變的真理或格言

The earth goes around the sun. ➡ 真理
地球繞著太陽轉動。

It is no use crying over spilt milk. ➡ 格言
對著潑灑出去的牛奶哭是沒有用的（覆水難收）。

地球會繞著太陽轉動，並不是昨天或今天才開始的，這個狀態是從數十億年前就持續至今日，往後也依然會繼續維持下去。

所以仔細想一想，**不論是過去、現在還是未來，只要是「難以界定時間點的狀態」**，似乎都是以現在式來表示呢！

(4) 代替未來式

◆ 表示「來去」或「預定」的動作

表示來去或出發的動詞（go, start, leave, come, arrive），與表示未來的副詞片語（例如：tomorrow, next morning, in an hour）同時使用時，是表達預定的動作或未來的事實，必須使用現在式時態。

不太懂上面這段話的意思嗎？那麼，我們就來看看以下的例句吧！

形態是現在式，不過表達的意義是「未來」

My plane leaves in an hour. 我的班機將在一小時後起飛。
The spring term starts on March 3 next year.
春季學期將在三月三日開始。

上面的例句，所表達的含意明明是未來式。那班飛機並不是現在就起飛，而是一小時之後才會離地；春季學期也是到明年才會開始。**可是，當表示「來去」的動詞或表示「預定」的動詞，和表未來的時間副詞一起使用時，請切記！現在式時態其實是在表示未來的狀態。**

◆ 時間副詞子句或條件副詞子句

表示「未來」的助動詞。詳見 p.177

I will talk to him when I meet him. ➡ 時間副詞子句
等我遇到他的時候會和他談談。

表示「假設」的連接詞，意思是「如果」。詳見 p.296

If it rains tomorrow, we will stay at home. ➡ 條件副詞子句
如果明天下雨的話，我們將會待在家裡。

重點提示

時間副詞子句或條件副詞子句都會使用現在式形態來表示未來的狀態。這是非常重要的文法規則，請各位要牢牢記住！

　　天哪，好難喔！不過這是當然的囉。為什麼呢？因為我們還沒有學到未來式嘛！上頁的例句裡 "I will talk to him."（我將會和他談談。）和 "we will stay at home."（我們將會待在家裡。）都是未來式的句型。

　　因此，"when I meet him."（等我遇到他）和 "if it rains tomorrow,"（如果明天下雨的話）這兩句也都屬於未來式。但是，**因為這兩個副詞子句所表達的是時間與條件，所以使用「現在式」**。

中級文法 2　過去式

　　既然是表達過去的事情，當然就必須用動詞的過去式。你知道嗎？中文裡也有過去式喔，像是「做過」、「去過」、「吃了」等。但是，英文裡頭還有個難纏的小傢伙，它就是「過去分詞」。

　　過去分詞是「完成式」和「被動語態」等句型必備的要素，不過因為它是中文文法所沒有的元素，所以對我們來說比較不容易懂。不過，只要詳加了解之後，你會發現它並不是那麼難。所以，不用太沮喪啦！

　　一般來說，動詞的「過去式」或「過去分詞」的表現方式，是動詞的「原形＋ -ed」。不過，既然強調了這是「一般來說」的常規，也就是說，碰到特殊情況時可就又不一樣了。

　　因此，**將 -ed 加在動詞的過去或過去式分詞的方式稱為「規則變化」，若是變化的方式並沒有一定的規則性，則稱為「不規則變化」**。

(1) 乖巧的規則動詞過去式

I clean my room every day. ➔ 現在式

我每天都會打掃我的房間。

I cleaned my room yesterday. ➔ 過去式

昨天我打掃了我的房間。

規則動詞真的很「乖巧」，只需要在動詞原形後面加 -ed 就好了。

◆ 規則動詞「過去式」、「過去分詞」的變化規則

接下來，我們要學習的是將規則動詞變化成過去式和過去分詞的方法。儘管是規則性的動詞，還是有一些必須注意的要點。

① **動詞原形加 "ed"**。

finish ➔ finished，work ➔ worked，clean ➔ cleaned

② **"e" 結尾的動詞，只要加 "d"**。

smile ➔ smiled，love ➔ loved，move ➔ moved

重點提示
Why？因為已經有一個 "e" 了，不需要再重複出現啦！

③ **「子音＋y」結尾的動詞必須將 y 改成 i，再加 "ed"**。

study ➔ studied，cry ➔ cried，carry ➔ carried

但是，「母音＋y」結尾的動詞，不需要把 y 改成 i，只要直接加上 "ed"

Lesson 7 動詞的時態 *149*

就可以了。這可是很容易出錯的地方呢,一定要特別注意喔!

play ◯ played,enjoy ◯ enjoyed

④ 「短母音＋單子音」結尾的動詞,重複字尾的子音再加 "ed"。

stop ◯ stopped,rub ◯ rubbed,step ◯ stepped

不過,若是「短母音＋雙子音」結尾的動詞,則直接加 ed,不需要重複字尾子音。

help ◯ helped,count ◯ counted

大家是不是覺得很複雜呢?其實,這並不像我們想像中那麼難。學一個新的東西,剛開始總免不了感覺難以吸收,不過,只要熟悉了以後就能融會貫通了。

◆ ed 的發音法

① 無聲結尾的動詞,-ed 字尾發無聲的 [t]。

helped [hɛlpt],talked [tɔkt],laughed [læft]

② **有聲結尾的動詞，-ed 字尾發有聲的 [d]**。

　　played [pled]，**loved** [lʌvd]，**cleaned** [klind]

③ **動詞結尾發 [t] 或 [d]，-ed 字尾發 [ɪd]**。

　　wanted [ˈwɑntɪd]，**needed** [ˈnidɪd]

Grammar Café

什麼是「無聲」和「有聲」？

　　英語屬於「拼音文字」，不但重視發音，發音的規則也種類繁多。有時，我們會看到「無聲」或「有聲」這樣的用詞，這是什麼意思呢？

　　在唸英文單字時，試著將手指按住喉嚨，有些單字發音時會感到微微震動，有些單字發音時卻感覺不到震動。感覺得到震動的發音就稱為「有聲音」，感覺不到震動的則稱為「無聲音」。在這裡必須要強調的是，「無聲音」並不是指聲帶完全沒有震動，而是比起「有聲音」，震動較不明顯。

一般來說，無聲的音有 [p, t, k, f, s, h, ʃ, tʃ, θ]。不知道哪些單字的發音是 [ʃ, tʃ, θ] 嗎？

好的，請注意看。she 這個單字中 "sh" 的部分發 [ʃ]；thank you 中頭兩個字 th 是發 [θ]，還有，teach 這個單字中最後 ch 的部分，其發音是 [tʃ]。

那至於「無聲」之外的其他發音呢？當然就是「有聲」囉！它指的是所有的母音或有聲音。上音樂課進行「ㄚㄧㄨㄟㄛ」發音練習時，用手指按住喉嚨，我們就能感覺到震動。不過提醒大家，上音樂課時可別因為有趣，就一直用手按住喉嚨來練習喔！

(2) 叛逆的不規則動詞「過去式」

不同於乖巧的規則動詞，有些動詞不但拒絕貼上 "ed" 的標籤，還我行我素地愛怎麼變就怎麼變呢！**像這類叛逆的動詞，就稱為不規則動詞。**

I **do** my homework every day. 我每天都會做功課。 ➡ 現在式

I **did** my homework yesterday. 我昨天有做功課。 ➡ 過去式

像是以上的例句，do 的過去式並不是 doed，而是 did。在下一頁表格裡出現的動詞，就是最常用的不規則動詞。

Grammar Café

為什麼會有三態同形的動詞？

在古老的年代，英語的過去式或過去分詞是以不同的發音方式來區分的。時至今日，在很多情況下，動詞的過去式或過去分詞結尾仍是發 [t] 或 [d] 的音。

因此，像 cut, hit, put, read 這幾個動詞，字尾本身已經是發 [t] 或 [d] 的音，其過去式或過去分詞也就使用原形動詞。其實，過去式的規則變化在字尾加 ed 的規則，也是為了使字尾保有 [t] 或 [d] 的發音喔！

動詞的時態

原形	中譯	過去	過去分詞
bring	帶來	brought	brought
buy	買	bought	bought
do	做	did	done
catch	抓到	caught	caught
come	來	came	come
drink	飲用	drank	drunk
eat	吃	ate	eaten
get	得到	got	got (gotten)
give	給	gave	given
go	去	went	gone
lose	遺失	lost	lost
run	跑	ran	run
see	看	saw	seen
sit	坐	sat	sat
write	寫	wrote	written
cut	剪掉	cut	cut
hit	打	hit	hit
put	放	put	put
read [rid]	讀	read [rɛd]	read [rɛd]

Lesson 1 2 3 4 5 6 7 8 9 10 11 12 13 14

Lesson 7 動詞的時態 **153**

中級文法 3　be 動詞的過去式

我們在前面已經提過 be 動詞，這個動詞的性質真的很「龜毛」！它會隨人稱或是主詞的單複數而改變形態。不過，它的過去式倒是很單純喔。

怎麼說呢？**因為它的單數是 was，複數是 were，不受制於人稱。但是，"You" 不論指的是單數還是複數，過去式一律用 were。**

(1) 主詞為單數時 be 動詞的過去式

主詞	be 動詞
I	was
you	were
he	was
she	
it	

I was tired yesterday.　昨天，我覺得很累。
You were late yesterday.　你昨天遲到了。
He was sick at that time.　那個時候，他病了。
It was cold yesterday.　昨天很冷。
The movie was very interesting.　那部電影很有趣。

(2) 主詞為複數時 be 動詞的過去式

主詞	be 動詞
we	
you	were
they	

We were in Paris last year. 我們去年在巴黎。

You were busy last month. 你們上個月很忙。

They were in their office yesterday. 他們昨天在辦公室。

中級文法 4　過去式的否定句

接下來，我們來了解一下，關於過去式的否定句造句方法。

否定句的造句方法，其實很簡單。

(1) 一般動詞的否定句

一般動詞過去式若要變成否定句，只需要在動詞前面加 did not (= didn't) 就可以了。

> 過去式的否定句：主詞＋ didn't ＋原形動詞

She watched TV last night. 昨晚她看了電視。
She didn't watch TV last night. 昨晚她沒有看電視。

小心唷！
在過去式的否定句與疑問句中，必須注意的是主詞後面接原形動詞，而不是接過去式動詞！
為什麼呢？因為，did 本身就已經表示過去的狀態了。

(2) be 動詞的否定句

想要將 be 動詞的過去式改成否定句，這就更簡單了。

> 只要在 was 或 were 後面加 not 就搞定！

I was not (= wasn't) busy. 我不忙。
You were not (= weren't) in class yesterday. 昨天你缺課。
He was not (= wasn't) at home last night. 昨晚他並不在家。
We were not (= weren't) hungry at that time. 那個時候我們並不餓。

中級文法 5　過去式的疑問句

過去式的疑問句和現在式形成的方式相同。

(1) 一般動詞疑問句

> 將 "did" 放句首，"?" 放句尾就 ok！

請記得，不管主詞人稱是單數或複數，句首一律以 did 開頭。這時，回答的方法如下。

肯定的回答 ➡ "Yes, 主詞的代名詞＋ did."
否定的回答 ➡ "No, 主詞的代名詞＋ didn't."

Did Mary walk to school?　瑪莉是走路去上學的嗎？
Yes, she did.　是的，她是。
Did it rain last night?　昨晚下雨了嗎？
No, it didn't.　沒有，昨晚沒有下雨。

(2) be 動詞疑問句

> 將 be 動詞置於句首，主詞放在後面！

若想完成 be 動詞疑問句，請交換主詞和 be 動詞的位置。

回答的方式和一般動詞相似。

肯定的回答 ⇒ "Yes，主詞的代名詞＋ was / were."
否定的回答 ⇒ "No, 主詞的代名詞＋ was not / were not."

直述句 ⇒ You were busy yesterday. 你昨天在忙。
疑問句 ⇒ Were you busy yesterday? 昨天你忙嗎？
　　　　—No, I was not (＝wasn't). 不，我不忙。
直述句 ⇒ The movie was interesting. 那部電影很有趣。
疑問句 ⇒ Was the movie interesting? 那部電影有趣嗎？
　　　　—Yes, it was. 是的，那部電影很有趣。

中級文法 6　完成式

恭喜大家！因為從現在開始，我們就要正式進入難度更高的部分了。而這個高難度指的就是「完成式」，因為中文並沒有這一類的表達用法，所以我們在學習上才會覺得更困難，總是弄得似懂非懂的，而這正是「完成式」難纏的地方呢。

來！請大家一同看看以下的圖表介紹。

　　　過去─────現在─────未來
　　　吃過了　　　正在吃　　　將要吃

上圖是基本時態的比較圖示。接下來，我們來看看下面的例句分析。

　　訪客：「我打擾各位用餐了…」
　　主人：「你太客氣了，我們剛好吃完了。」

正要開始吃飯卻碰巧有客人造訪時，這是最常用來化解尷尬氣氛的用語。「剛好吃完了。」這是一句非常有技巧的客套話。不過這句話應該是過去式，還是現在式呢？若是有人說「這是未來式！」那麼，這個人該重新從小學唸起囉！

　　這是從「過去用餐的狀態」一直到剛剛才結束的表現手法，像這樣的情形，正好符合現在完成式的時態。不屬於過去，也不是指現在，但卻是最常出現在生活當中的狀況。最能表達這種情形的時態，正是「現在完成式」。

　　完成式一般可分為「現在完成式」、「過去完成式」、「未來完成式」三種時態，共同點是擁有能表達「完成、經驗、持續、結果」等性質的四種用法。關於這四種用法，我們留待後面章節再詳加解析。

　　還有另一個務必牢記的重點！現在完成式的時間基準點是「現在」，而過去完成式與未來完成式的時間基準點分別是「過去」和「未來」。

Lesson 7 動詞的時態

(1) 現在完成式

> 現在完成式的形態是「have＋過去分詞」

　　這個用法是將「過去」已發生過的狀態連接至「現在」的時態。因此，現在完成式才會讓人有「過去＋現在」這種時間上連續性的感覺。**現在完成式能夠用來表現「完成、經驗、持續、結果」的意義**，前面的例句「剛好吃完了」是表示「完成」的用法，所以除了這個用法之外，還有其他三種用法。

　　提醒大家，**「現在完成式」雖然是連貫過去曾經發生過的動作或某個狀態，但是其「時間基準點」仍然是指現在**。

◆ 表示完成的用法

　　完成用法是指「已經…了」的意思，是用來說明「過去」的舉動延續到「現在」的表現手法。這種用法多數與 just, now, already, yet, recently 等副詞一起使用。

　　　　I have **just** finished my homework. 我剛做完功課。
　　　　I have **already** read the book. 我已經看完這本書了。

◆ 表示經驗的用法

　　表達「曾經…（一直到現在）」的意思，是用來說明經驗的用法。我們都知道，過去發生過的事往往都會影響到現在。所以，這也是現在完成式的用法之一。這種用法經常與 ever, never, once, twice, three times, many times, before 等副詞一起使用。

I have seen her before. 我以前曾經見過她。
I have seen the movie many times. 那部電影我看過很多次。

◆ 表示持續的用法

「做到現在…（持續到現在）」是現在完成持續的用法，表示從過去持續發生至今的狀態。通常與 since, for, these, how long, from 等副詞一起使用。

I have lived in Taipei for seven years. 我已經住在台北七年了。
當然，目前也仍然住在台北。

重點提示

可用於現在完成持續性用法的動詞有 be, like, love, live, know 等表示狀態的動詞。

那麼，想要表達某個動作一直持續的狀態，該用何種時態來表示呢？這樣的情況，應該使用「現在完成進行式」。

將在這一頁為大家做說明…
page 174

It has been raining for a week.
一整個星期都在下雨。
➡ 現在也還在下雨。

◆ 表示結果的用法

「已經做過了…」是完成式表示結果的用法。表示結果的用法，其意義和過去式時態大同小異。但是，**動作的結果對現在造成影響，這個部分和單純的過去式時態是不同的**。

> lose（遺失）的過去分詞。詳見 p.153

I have lost my watch. 我遺失了我的錶。

◎ 現在也還沒有找到錶。

那麼，過去式的句型又是如何呢？

I lost my watch. 我遺失了我的錶。

◎ 曾經遺失過，但單憑這句話無法知道現在是否已經找回錶。

重點提示

現在完成式的時間基準點是「現在」！所以，它不能和「明確」指出過去狀態的時間副詞 ago, last night, when, just now, in 1990 等詞語一起使用。不過，卻可以和 before, recently, lately 這類表示「不明確」時間點的副詞一起使用。

(2) 現在完成式的疑問句與否定句

若想把完成式的句子改成否定句，又該怎麼做呢？

這時，必須使用完成式會用到的 have 助動詞。

◆ 現在完成式疑問句

> 規則：have / has ＋主詞＋過去分詞...?
> 回答：Yes, 代名詞＋ have / has.
> 　　　No, 代名詞＋ haven't / hasn't.

熟記上面的規則了嗎？那麼，我們來看看例句吧！

直述句 ◯　　He has eaten lunch. 他吃過午餐了。

　　　　　　　　　　　　　　　　　　eat（吃）的過去分詞，詳見 p.153

疑問句 ◯　　Has he eaten lunch? 他吃過午餐了嗎？

回答句 ◯　　Yes, he has. 是的，他吃過了。

　　　　　　　No, he hasn't. 沒有，他沒有吃。

是不是要比想像中的還要簡單多了呢？只要把主詞和 have 助動詞的順序互換位置就大功告成了，這和 be 動詞疑問句的造句方式，可說是一模一樣呢。

◆ 現在完成式否定句

> 規則：have not (= haven't) / has not (= hasn't) ＋過去分詞

架構現在完成式的否定句時，在 have 後面加上 not，也就是變成「haven't ＋過去分詞」的形態。當然，主詞是第三人稱單數時就要用 hasn't。

I haven't finished my homework yet. 我還沒有寫完功課。

He hasn't heard from her lately. 他最近都沒有聽到她的消息。

注意唷！

have been 和 have gone 有什麼不同呢？
為什麼一定要討論這兩個句型之間的差異性？因為啊…這可是最能夠代表完成式的句型喔！

請看以下這個例句。

You have gone to Busan.

這句話是什麼意思呢？這是現在完成式表達「結果」的用法，意思是「你已經去釜山了。」（現在也仍然在釜山）。

不過，奇怪了！既然對方已經去到釜山了，又怎麼能在這裡和他對話呢？呃，你是說用手機聯絡嗎？可是這樣也不符合文法架構啊。

<u>是的，這樣不符合文法架構。</u>

have gone 是現在完成式表示「結果」的用法，所以第一人稱和第二人稱（也就是 I, you, we）都不能當主詞使用。

I (/ We / You) have gone to America.（×）

我（／我們／你／你們）已經去美國了。

另一方面，have been to 則是表達現在完成式「經驗」的用法，解釋為「曾經…」的意思。因此，不受人稱限制都能通用。

I have been to America.（○） ➔ 經驗

我曾經去過美國。

(3) 過去完成式

現在完成式說明從過去到現在之間的「完成、經驗、持續、結果」等狀態，是以「現在」的時間點為基準點。那過去完成式呢？

過去完成式的時間基準點是過去的某個時間點，用來說明「完成、經驗、持續、結果」等狀態，句型是「had ＋過去分詞」。

表示時間的關係副詞，意思是「…的時候」。詳見 p.269

I had just finished it when she came to my office.

當她來到我的辦公室時，我剛好完成了那個工作。 ➔ 完成

她進到辦公室是過去的事件，我完成工作是在那之前的事。

意指「當時」的時間副詞

I had never seen the sea until then.

直到當時，我都不曾看過海。 ➔ 經驗

時間副詞子句

He had been ill for a week when I called on him.

當我去拜訪他時，他已經病了一個禮拜。 ➔ 持續

時間副詞子句

He had lost the watch when I saw him.

當我見到他的時候，他的手錶已經不見了。 ➔ 結果

過去完成式，其時間點指的是「過去的事件」，因此可以和明確指出

「過去」的詞語一起出現，意即可與 when, then, yesterday 等時間副詞一起使用。就如以下的圖表顯示，完成式的重點是「事件」的完成，與時間基準點息息相關。

如果表示的是「持續」的狀態，我們無法從中看出事件發生的起始點。但<u>未來完成式的起始點可能是始於過去或從更久遠的過去，現在完成式也是相同的情況</u>。

只不過，「促成決定性的行為」若是在未來的時間點，就必須使用未來完成式，在現在的時間點就必須使用現在完成式，過去的時間點則必須使用過去完成式。

```
久遠的過去—————————過去—————————現在—————————未來
  過去完成式—————————◉
  現在完成式———————————————————————◉
  未來完成式———————————————————————————————————◉
```

(4) 未來完成式

還沒有學到「未來式」，卻先見到「未來完成式」，大家是不是嚇了一跳？有關未來式，我們將於下一章節詳細說明。在此，我們先粗略了解一下未來式的性質以及表達的方式。

未來，是指尚未來到的時間點。比方說，明天或下個月甚至是十年後，都是屬於未來的時間點。未來式的造句，是在動詞前面加入表示未來的助動詞 will 或 shall（shall 通常使用在較正式的文章中）。

> 指動作從以前的時間點一直持續到未來，
> 用來表示「完成、經驗、持續、結果」，
> 句型為「will(shall) ＋ have ＋過去分詞」。

I will have read through the book by tomorrow.

我明天之前會把那本書看完。　　　➡ 完成

我們無從得知，究竟是從何時開始看這本書？
只知道明天（未來）之前，將可完成閱讀的動作。

假設語氣連接詞，if 指「假如」。詳見 p.296

I will have been there three times if I visit it again.

如果再去一次，我總共就去了三次。　　➡ 經驗

從這個例句中，無法看出我從前是何時去的？或是現在才去？
只能從中看出，未來的特定時間點再去一次，就總共去過三次了。

I will have lived in Japan for ten years by next year.

到了明年，就是我住在日本的第十個年頭了。　➡ 持續

He will have gone there by this time tomorrow.

明天的這個時候，他已經去那裡了。　　➡ 結果

中級文法 7　進行式

(1) 讓人興致勃勃的「進行式」

- 他在吃飯。
- 他還在吃飯。
- 他正在吃飯。

各位覺得前面這幾個例句如何？每一句都有些類似呢。越是往下的例句，越能給人「當下」的氣氛。有沒有覺得眼前似乎真的浮現出句中人物，正在品嚐美食的樣子？

現在，我們就來看看下面的例句。

He eats his meal. 他吃飯。

和這個例句比較起來，前三個例句比較能夠表達「活生生的氣氛」，像這樣能夠表現出生動氣氛的用法，我們稱之為進行式，表示「正在做⋯」的意思。

進行式句型「be 動詞＋V-ing」，表達的是進行中的動作。以下這個例句，是套用英語進行式之後所呈現的結果。

He is eating his meal. 他正在用餐。

重點提示

「進行式」表達的是正在進行當中的動作，因此，用以表示「狀態」的動詞不能改成進行式，在 172 頁有更詳細的說明。

168　PART 4 征服動詞的世界

(2) 進行式的種類

進行式和完成式，同樣都有「現在式」、「過去式」、「未來式」這三種用法。

- 表達正在現在的時間點進行中的動作，用「現在進行式」。
- 表達在過去某個特定時間點進行中的動作，用「過去進行式」。
- 表達在未來特定時間點將要進行的動作，用「未來進行式」。

◆ 現在進行式

規則：現在式 be 動詞 (am / are / is) ＋ V-ing

表達目前進行中的動作，中文的意思是「（現在）正在做⋯」。

Ann is listening to music.

安正在聽音樂。

◆ 過去進行式

規則：過去式 be 動詞 (was / were) ＋ V-ing

表達過去進行過的動作，中文的意思是「（當時）正在做⋯」

原形是 write（書寫）。因為字尾加了 ing，所以 e 被去掉了。

Denny was writing a letter.

當時，丹尼正在寫一封信。

◆ 未來進行式

> 規則：未來式助動詞 (will / shall) ＋ be ＋ V-ing

表達未來即將進行的動作，中文的意思是「（未來）將在做…」

She will be waiting for you at four this afternoon.
她將在今天下午四點鐘等你來。

(3) 進行式的動詞變化

了解動詞進行式構句的規則後，可以說是完成了進行式構句的第一步！

① 基本上，動詞的字尾要加 "ing"。
　　　watch ◯ watch**ing**，listen ◯ listen**ing**

② 字尾若是 "e" 結尾，則去掉 e，再加 "ing"。
　　　come ◯ com**ing**，write ◯ writ**ing**

③ 字尾是「短母音＋短子音」時，重複字尾子音加 "ing"。
　　　run ◯ run**n**ing，swim ◯ swim**m**ing

④ "-ie" 結尾的動詞，將 ie 改成 y，再加 "ing"。
　　　die ◯ d**ying**，lie ◯ l**ying**

小心唷！

study, carry 等字的進行式，又該怎麼轉換呢？改成第三人稱單數現在式、過去式時，將 y 改成 i 再加 es 或 ed。但是，在轉換成進行式用法時只要直接加上 ing，也就是 studying, carrying。這個部分很容易被混淆，是容易出錯的地雷區呢。

(4) 進行式的否定句

進行式的否定句，只需要在 be 動詞後面加 not 就行了。

$$be\ 動詞 + not + V\text{-}ing$$

Ann is not cleaning her room.

安沒有在打掃她的房間。

(5) 進行式的疑問句

那麼，進行式的疑問句呢？很簡單，把主詞和 be 動詞的順序對調即可。

$$\text{be 動詞＋主詞＋ V-ing...?}$$

Are you reading a newspaper? 你正在看報紙嗎？
Yes, I am. 對，沒錯。

答句也可以是 "Yes, I am reading a newspaper."（對，我正在看報紙。）

(6) 必須注意的進行式用法

◆ 進行式能夠表達未來即將發生的狀態

表示「未來」和「預定」可用進行式代替未來式。

page 147

「到達」、「去，出發」、「來到」等表示「來」或「去」的動詞，能夠以進行式來表示未來即將發生的狀態。這種用法的語感和未來式很接近。

She is coming tonight.
她將於今晚到達。

He is leaving Korea tomorrow.
他明天將要離開韓國。

◆ 表示狀態或持有的動詞，無意識的感官動詞，以及認知性質的動詞，不能轉換為進行式

為什麼呢？

- 「你正在是個壞孩子。」 ● 狀態
- 「你正在有帶錢嗎？」 ● 持有
- 「呼，我正在知道這個問題。」 ● 認知動詞

　　讀者們會不會覺得以上的例句有些怪怪的？這些動詞都擁有不能轉換為進行式的性質。也就是說，**用來表示狀態和持有性質的動詞，皆屬於這種範圍**。

　　那麼，什麼是無意識的感官動詞？

　　感官動詞，指的是靠感覺去體會的動詞；無意識，則是指本身的感受與意識並無直接的關聯性。意即「看到」、「聽到」、「嚐到」、「聞到」這些動詞，就是無關乎本身意識而形成的無意識感官動詞。

- 狀態動詞：**be** 是…，**look** 看起來，**seem** 似乎，**stand** 聳立著
- 持有動詞：**have** 有，**belong to** 屬於…
- 無意識的感官動詞：**see** 看到，**hear** 聽到，**taste** 品嚐，**smell** 聞到
- 認知動詞：**know** 知道，**believe** 相信，**remember** 記得，**understand** 了解，**think** 思考

以上的動詞，其用法如下：

The traffic looks bad.
交通情況看起來很糟糕。

Do you have any aspirin?
你有阿斯匹靈嗎？

This flower smells good.
這朵花聞起來很香。

> 我真的不想 see…，可是卻不由自主…

Lesson 7 動詞的時態

中級文法 8　完成式＋進行式＝完成進行式！

「完成進行式」，是完成式和進行式的綜合體。

完成進行式句型是用來表示「動作的持續」；相反的，若要表示「狀態的持續」，就要用完成式的句型，因為，狀態動詞無法改成進行式的形態。

重點提示

完成進行式，常與表示「期間」的時間副詞一起出現。

(1) 現在完成進行式

表示過去的某個時間點一直到現在，動作持續的狀態。

句型：have(has) been ＋ V-ing

What have you been doing all this while?
一直到現在，你都做了些什麼呢？

(2) 過去完成進行式

表示過去之前的時間點到過去的某一時間點，動作持續的狀態。

句型：had been ＋ V-ing

It had been raining all night. 整個晚上都在下雨。

174　PART 4 征服動詞的世界

(3) 未來完成進行式

表示過去或現在的某一個時間點，一直持續到未來的動作狀態。

句型：will(shall) have been ＋ V-ing

It **will have been raining** for a week by tomorrow.

如果到明天還在下雨，那就整整下了一個星期的雨了。

重點提示

還記得嗎？我們在前面學過，發生在一瞬間的動作，可以用進行式表示，但表示狀態的動詞卻無法改成進行式。不過，也是有例外的情況喔。

A tall tree is standing on the riverside. 河邊有一棵大樹矗立著。

這句話是對的嗎？一棵樹一旦被種植了，除非是人為因素否則不可能離開原地。一棵樹有可能會今天站在這裡，明天就被移動到別處去嗎？因此，上面的例句其實是錯誤的表達方式。

可是，人類卻是有可能這麼做的；因為 stand 的主詞是「物」時，意指「矗立、屹立」，主詞是「人」時，就是指「站立」，因此，以下這個使用進行式的例句就表達得非常正確。

They were standing as the president passed.

當總統經過時，他們都站立著。

Lesson 8 助動詞

助動詞是放在動詞前面輔助動詞的詞性，
最重要的功能是用來完成疑問句和否定句。
因此，除非是特殊情況，
否則沒有助動詞就無法完成疑問句和否定句。
此外，想要表示「允許、義務、推測、可能、未來」等意義時，
也會使用到助動詞。

助動詞可分為三大類：

第一類：<u>can, may, will, shall, must 等具有特殊意義的動詞，稱為規則助動詞</u>。規則助動詞為了表達「允許、推測、可能、未來」等意義，須與真正的動詞搭配使用。

第二類：**將一般動詞句型改成疑問句或否定句時，必須要有助動詞 do, does, did 等**。不過，此時助動詞並不具任何意義。

第三類：**將 be 動詞句型改成疑問句或否定句時，必須使用 be 動詞**。因此，be 動詞也可以說是助動詞的一種。

此外，助動詞還具有各種不同的含意，可以扮演多種角色。

注意唷！
別忘了，助動詞後面永遠接原形動詞。

中級文法 1　未來式助動詞 will

> 未來式：will (shall) ＋原形動詞

動詞在轉變成進行式或過去式時必須要做一些變化，例如在字尾加上 -ing 或 -ed。

不過，未來式並不需要變化動詞，只要將助動詞 will（或是 shall）置於動詞前面即可。在美國，比較常用 will 而不用 shall。

It **will** rain tomorrow.　明天會下雨。
I **will** finish my work by four.　我會在四點之前把工作完成。

(1) 縮寫代名詞和 will

在英語的表達方式中，將兩個單字縮寫在一起是很常見的事。例如 I am 的縮寫是 I'm, You are 的縮寫是 You're。

will 也經常與主詞角色的代名詞縮寫在一起，縮寫方式如下：

> I will＝I'll　　You will＝You'll
> He will＝He'll　　She will＝She'll
> They will＝They'll

I'll go there.　我要去那個地方。
He'll arrive tomorrow.　他將於明天抵達。

Lesson 8 助動詞　177

(2) 未來式的否定句

未來式的否定句，只需要在 will 後面加 not 就行了。

will not ＋原形動詞

重點提示
will not 的縮寫是 won't。

It **will not** rain tomorrow. 明天不會下雨。
I **won't** go there. 我不會去那裡。

(3) 未來式的疑問句

Will ＋主詞＋原形動詞...?

未來式的疑問句，只需要將主詞和 will 的位置對調就 ok！

Will you buy that book? 你會買那本書嗎？

Yes, I **will**. 會，我會買。／ No, I **won't**. 不，我不會買。

(4) be 動詞的未來式

接下來，我們來看看 be 動詞的未來式。

be 動詞的未來式與一般動詞未來式的造句方式相同。

> 未來式：will ＋ be（be 動詞的原形）
> 疑問句：「Will ＋主詞＋ be...?」
> 否定句：「主詞＋ will not be...」

I **will be** here tonight.

我今晚會在這裡。

Will you **be** free tomorrow?

你明天有空嗎？

Bob **will not be** here tomorrow.

鮑伯明天不會來這裡。

Grammar Café

未來動詞前不能有 will / shall！

在英文裡，plan（計畫），want（想要），expect（期待），intend（打算），hope（希望）…這些動詞，本身就包含有「未來」的意思，稱為「未來動詞」。如果在這類動詞前面加了 will 或 shall，就是畫蛇添足，是錯誤的用法。

I plan(hope, expect, intend) to go to England.（〇）
I will(shall) plan(hope, expect, intend) to go to England.（✗）
我計畫要去英國。

Lesson 8 助動詞 *179*

(5) be going to ＋原形動詞

　　be going to 看起來像現在進行式，其含意卻完全不同，是「將要⋯」、「打算⋯」的意思，用來表達即將發生的狀態。因此，可以和意思相近的助動詞 will 互換使用。

I am going to read this book. 我將要閱讀這本書。

千萬別誤以為是「我正在看這本書」。

She is going to go shopping. 她打算去購物。

＝She will go shopping.

中級文法 2　can 和 may，請求允許！

助動詞 can 除了表示「能力」之外，和 may 一樣都具有「請求允許」的意味，不過，may 的語意比 can 更為正式。

(1) can

1. 能夠…（可能性或能力）
2. 可以…（允許）

I **can** speak English.　　➡ 能力
我會說英語。

You **can** take this book.　　➡ 允許
你可以拿走這本書。

(2) may

1. 可以…（允許）
2. 可能…（推測）

You **may** sit down.　　➡ 允許
你可以坐下。

It **may** rain tomorrow.　　➡ 推測
明天可能會下雨。

重點提示

may 可以用來表示「希望或願望」；大寫的 May 則當名詞，是「五月」的意思。

> may 表示「希望或願望」！

> 才怪！May 是「五月」的意思！

May God bless you!

願上帝保佑你。

May is the fifth month of the year.

五月是一年中的第五個月分。

中級文法 3　should 和 would，表示義務和希望

　　表示未來的助動詞 will 和 shall 的過去式是 would 和 should。可是，would 和 should 很少被當作過去式使用，多半是被當作獨立性質的助動詞。

　　should 是表示「義務」的助動詞，意思是「應該⋯」，與 must 的意思相近；would 是表示「希望」的助動詞，意思是「想要⋯」。

182　PART 4 征服動詞的世界

(1) should

義務 ➡「應該…」的意思

Drivers should (= ought to) obey the speed limit.

駕駛人應該遵守速度限制。

ought to 的含意與 should 一樣。如果說 must 可以用 have to 來代替，那麼，should 也有 ought to 可以代替。

永結同心…

(2) would

希望 ➡「想要…」的意思

I would like to go now.

我想現在就去。

請求 ➡「請…」的意思

Would you please open the window?

請你把窗戶打開好嗎？

Lesson 8 助動詞 183

(3) must

義務 ➡「必須…」的意思

I must finish my homework.

我必須把功課做完。

表示「義務」時，must 和 have to 都可以用。不過一般來說，多半使用 have to。**因為在程度上，must 比 have to 表達的意味更為強烈**，因此 must 多半使用在較緊急的情況或需要特別強調的情況。

He has to go to a meeting tonight.

他今晚必須去參加聚會。

推測 ➡「一定是…」的意思

She must be sick. 她一定是病了。

must 用來指「推測」意味的時候，後面大部分是接 be 動詞。must be 可以解釋為「一定是…」的意思。

中級文法 4　表示推測的助動詞

就像我們在前面所提過的，眾多助動詞當中有不少都具有推測的意思。那麼，這些助動詞之間有什麼差異呢？

接下來，讓我們從以下的例句中了解這些差異性。

問句 ➡　**Why isn't Jeff in class?** 傑夫怎麼沒有來上課呢？
答句① ➡　**He is sick.** 他生病了。

這是沒有助動詞的現在式句子，指既定的事實，也就是陳述傑夫生病的事。因此，**傑夫生病是百分之百確定的事實**。

答句② ➡　**He must be sick.** 他一定是生病了。

雖然是推測，不過回答得非常肯定。must be 就像這樣，用在對推測的事實有百分之九十五以上的把握時。

Lesson 8 助動詞　*185*

答句③ ➡ He **may be** sick. 他也許生病了。（他會不會是生病了？）
He **could be** sick. 他可能生病了。

　　從以上的例句可以感覺得出來，說話者本身並沒有足夠的信心。may be, could be 就是這樣的語氣，用在表示對於自己的猜測沒什麼把握的情況時使用。

Lesson 9 被動語態

英文有所謂的「被動語態」，
雖然在中文裡，很少會用到這樣的表達方式，
但在英文裡的使用頻率卻很高。
「被動語態」從有受詞的句子變化而來。
是站在接受動作之受詞的立場來表現的句型。

　　英語和中文有許多不同之處，而「被動語態」的存在可以說是最具代表性的差異處。

「我踢了球。」
「媽媽做了料理。」
「中國人使用中文。」

以上是中文的表達方式，但若是改成這樣的說法呢？

「球被我踢了。」
「料理被媽媽做出來了。」

「中文被中國人使用了。」

從來沒有這樣說過？那是當然的囉。因為，中文裡很少使用被動語態。
那麼，被動語態的正確解釋是什麼？

被動語態，就是指「承受動作的狀態」。**主詞行使動作的句子稱為主動語態，相反的，主詞藉由媒介產生動作的句子則稱為被動語態。**

像上一頁的例句中，「我踢球」或「媽媽做料理」，中文裡大多使用以「動作者」為主詞的主動語態。反之，若是由「無法自行動作的球」、「不能自動煮熟的料理」、「寫在書本裡的中文」當主詞，這時就必須要有能夠讓主詞動起來的角色。因此，也就成了藉由媒介產生動作的句子，就是所謂的被動語態。

主動語態可以改成被動語態，被動語態也同樣能夠改成主動語態。
被動語態的基本型是「be 動詞＋過去分詞」。

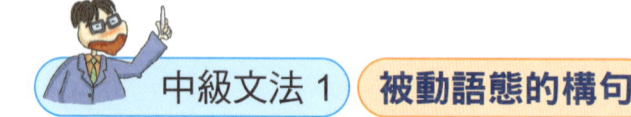

中級文法 1　被動語態的構句

(1) 被動態的種類與形態

我們已經提過，主詞能夠自行動作的句子是主動語態；而主詞必須藉助媒介才能產生動態的，則稱為被動語態。

動態的種類	基本形態
主動語態	主詞＋及物動詞＋受詞
被動語態	主詞＋ be 動詞＋過去分詞＋ by ＋受格

(2) 主動與被動的轉換

　　被動語態是主詞藉由媒介產生動作的表示方法，因此，被動語態的主詞就是主動語態的受詞。所以，只要是有受詞的句子都可以改成被動語態。

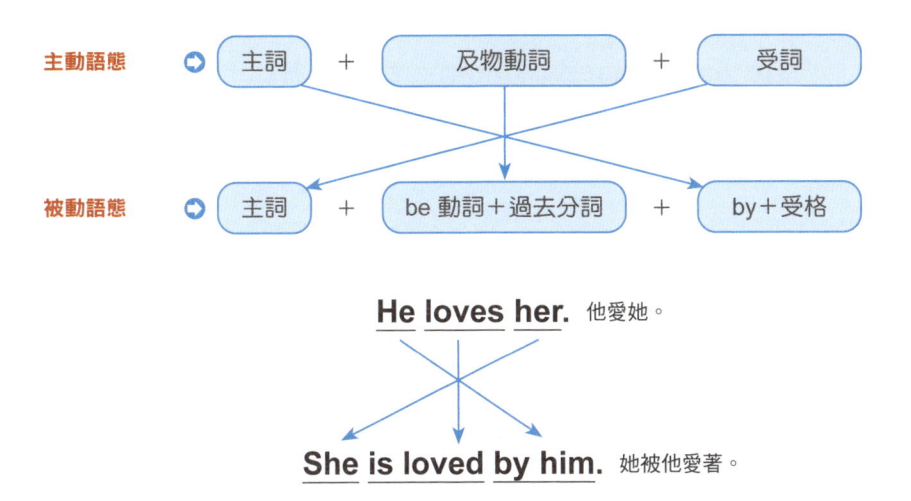

主動語態 ➡ 主詞 ＋ 及物動詞 ＋ 受詞

被動語態 ➡ 主詞 ＋ be 動詞＋過去分詞 ＋ by＋受格

He loves her. 他愛她。

She is loved by him. 她被他愛著。

◆ 被動語態的構句方法

　　接下來，我們參考上例的圖表，試著來完成被動語態的句子吧。

① 將主動語態的受詞改成被動語態的主詞。
② 將主動語態的及物動詞改成「be 動詞＋過去分詞」的形態。此時 be 動詞要根據主詞的人稱、數量、時態而轉換。
③ 主動語態的主詞在被動語態的句子中要加上「介系詞 by」，並且置於句

尾部分。因為 by 是介系詞，所以，by 後面若接代名詞，必須使用受格。

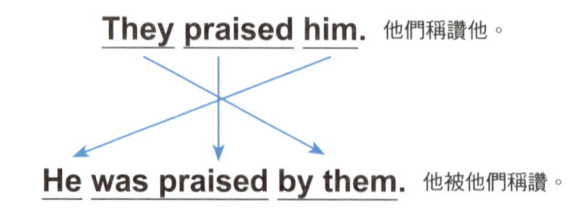

They praised him. 他們稱讚他。

He was praised by them. 他被他們稱讚。

④ 有助動詞的句子若改成被動語態，會變成「助動詞＋be 動詞＋過去分詞」的形態。也就是將其他的部分修改為符合被動語態的形式，助動詞則放在原來的位置不動。

You must do it at once.

It must be done at once by you. 雖然形態沒變，但在這裡是受格

你必須立刻去做那件事。＝那件事必須立刻被你執行。

◆ 省略「by＋受格」

主動語態的主詞是一般人或不確定的對象，並且動作者本身並不重要時，可以省略「by＋受格」。

They speak English in America. 美國人說英語。
English is spoken in America (by them). 英語在美國被說。

以上兩句的主詞都是指「一般人」。

He was killed in the war (by them). 他在戰爭中被殺死了。

主詞是不確定的對象，無從得知究竟是被誰殺死了。

注意唷！

為什麼要用被動語態？不能只用主動語態就好了嗎？請見以下的說明。

「李舜臣將軍是在戰場上去世的。」那麼，他可能是怎麼死的呢？
① 在暴風雨中遇難。
② 被敵軍的槍彈打中而戰死沙場。

因為可以從「戰場上去世」這個線索推測出他是戰死沙場的，所以正確的答案當然是②。不過我們無法得知，他究竟是中了哪個敵軍的子彈等進一步的細節。像這樣的情形，**由於我們無法確定主動語態的主詞，只好使用被動語態來表達。**

"He was killed in the war."（他在戰場上被殺了。）這樣的句子中，即使沒有明確說明到底是被誰殺死了，至少他的死因是無庸置疑的。

由此可見，為了強調「承受動作狀態」的人事物，必須使用「被動語態」才能適當傳達意境。

◆ 使用 by 以外的介系詞

「be 動詞＋過去分詞＋by...」的被動語態句型中，也會有使用其他介系詞來代替 by 的情況。這種情況屬於慣用性質，所以請讀者們務必牢記。翻譯成中文時，通順合理的句子會比硬翻譯為「被…」來得傳神。

滿足於…
He **is satisfied with** his job. 他滿足於自己的工作。
The secret **is known to** everybody. 大家都知道那個祕密。

對…有興趣
I **am** very **interested in** English. 我對英文很感興趣。

　　　　　　　　　　　　　　　　和…結婚
John **is married to** Mary. 約翰和瑪莉結婚了。

　　　　　　　　　　　　　　　　　　被…覆蓋
The floor **is covered with** a red carpet. 紅色的地毯鋪在地上。

　　　　　　　　　　　　　　　　　　　被…充塞
The room **was filled with** smoke. 房間裡充斥著煙霧。

◆ be made of

　be made of 是「由…製成的」的意思，來看看其他相似的用詞。

This building **is made of** stone. 這棟建築物是用石頭蓋成的。
be made of：材料性質沒有產生變化時的用法（物理變化）。
Cheese **is made from** milk. 起司是用牛奶製作而成的。
be made from：形態與性質都產生變化時的用法（化學變化）。
所以囉，起司和牛奶當然是完全不一樣的東西。

Milk is made into cheese. 牛奶是製作起司的原料。

be made into：材料或原料當主詞時的用法。

中級文法 2　被動語態的時態

被動語態也有各種時態的變化，接下來，我們就要來了解被動語態的時態。

被動語態基本句型：be 動詞＋過去分詞

現在式、過去式、未來式只要將 be 動詞時態加以變化即可。

Smart phones are used by many people.　● 現在式
許多人都使用智慧型手機。

A pretty doll was made by her.　● 過去式
她製作了一個漂亮的洋娃娃。

This store will be opened next Sunday.　● 未來式
這家店預定下個星期天開幕。

被動語態完成式：助動詞 have ＋ been ＋過去分詞

現在完成式、過去完成式、未來完成式的被動語態也和主動語態一樣，都會用到助動詞 have。

助動詞 have 會依照主詞的人稱、數量、時態加以變化。

A large fortune has been left by her parents. ▶ 現在完成被動語態
有許多財產被她的雙親留下來。＝她的雙親留下了許多財產。

John will have been helped by Mary. ▶ 未來完成被動語態
約翰將會受到瑪莉的幫助。

> 被動語態進行式：be 動詞＋being ＋過去分詞

進行式，本來就是「動詞＋V-ing」的時態。但是，被動語態進行式則必須將動詞改成進行式。所以，動詞不加 V-ing，而是把 being 放在前面。

John is being helped by Mary. ▶ 現在進行被動語態
約翰受到瑪莉的幫助。

John was being helped by Mary. ▶ 過去進行被動語態
約翰曾受到瑪莉的幫助。

中級文法 3　被動語態的種類

被動語態也可以應用在疑問句、祈使句等句型中。被動語態的造句，可以說是相當複雜，畢竟要將形態百變的疑問句、祈使句等通通改成被動語態，光是用想的，就讓人頭皮發麻！

(1) 被動語態的疑問句

◆ Yes / No 疑問句

把疑問句改成被動語態之前，必須先把直述句改成被動語態。然後，將 be 動詞置於主詞前面，就成為疑問句的被動語態。

疑問句 ⇒ **Did you write the book?**
你寫了那本書嗎？

直述句 ⇒ **You wrote the book.**
你寫了那本書。

被動語態直述句 ⇒ **The book was written by you.**
那本書是被你寫成的。

被動語態疑問句 ⇒ **Was the book written by you?**
那本書是被你寫成的嗎？

◆ WH 疑問句

① <mark>疑問詞 who 當主詞</mark>。

疑問詞 who 當主詞時，與直述句改成被動語態的方法相同。**但請注意，必須把 "by whom" 放在句首，放在句尾是錯誤的用法。**

疑問句 ⇒ **Who invented the machine?**
是誰發明了那個機器？

被動語態直述句 ⇒ **The machine was invented by whom.（×）**
那個機器是被誰發明出來的。

疑問句 ⇒ **Was the machine invented by whom?（×）**
那個機器是由誰發明的？

被動語態疑問句 ➡ **By whom** was the machine invented?（○）

那個機器是被誰發明的呢？

② **非疑問詞當主詞**。

不是疑問詞當主詞時，將疑問詞置於原地，句子其餘的部分改成 Yes / No 疑問句。

When did you write the book?

此時，when 是疑問副詞，you 是主詞。

直述句 ➡	**You wrote the book.**
被動語態 ➡	**The book was written by you.**
被動語態疑問句 ➡	**Was the book written by you?**
有疑問詞的被動語態疑問句 ➡	**When was the book written by you?**

那本書是何時完成的？

(2) 祈使句的被動語態

◆ 祈使句改成被動語態的方法

把祈使句改成被動語態，這又是另一個稍有難度的文法。
<u>祈使句依照「Let ＋受詞＋ be ＋過去分詞」的形式改為被動語態</u>。

Do it as soon as possible. 盡快完成那件事。

⬇

Let it be done as soon as possible.

◆ 否定祈使句的被動語態

接下來，我們試著將「不要…」的否定祈使句改成被動語態。

此時，通常是將 Don't 置於被動語態前面，或在 be 動詞前加 not，請注意。這時會形成 "not be" 的語序。

Don't let ＋受詞＋ be ＋過去分詞
Let ＋受詞＋ not be ＋過去分詞

Don't touch the stone. 請別碰那塊石頭。

⬇

Don't let the stone **be** touched.
Let the stone **not be** touched.

中級文法 4　必須特別注意的被動語態

(1) 第 4 種句型的被動語態

◆ 被動語態有兩個主詞

第 4 種句型會出現兩個受詞，也就是間接受詞和直接受詞。因此，改為<u>被動語態時會有兩個當作主詞的人選</u>，也就是說，有兩種寫法。這是有可能的喔！

He gave <u>me</u> <u>the camera</u>.　他給了我那台相機。

⬇

I was given the camera by him.
The camera was given (to) me by him.

◆ 被動語態只有一個主詞

有時候，在第 4 種句型中只有直接受詞可以作為被動語態的主詞。這是指使用 make, write, buy, sell, bring, send, sing, read 等動詞的情形。

He bought <u>her</u> <u>a car</u>.　他買了一輛車子給她。

⬇

A car was bought (for) her by him.（○）
She was bought a car by him.（✗）

為什麼不能寫成 "She was bought a car by him." 呢？因為這句話如果硬要翻譯的話，是「她被買下來了」的意思，讓人完全看不懂究竟想表達什麼？

由此可見，有些第 4 種句型是無法改寫成被動語態的。

(2) 補語為原形不定詞

原形不定詞，通常會配合感官動詞（see, hear, watch, feel... 等）或使役動詞（have, let, make）一起使用。但是，<u>句子若改寫成被動語態，原形不定詞就要寫成 to 不定詞。也就是，消失的 to 又被找回來了</u>。

We heard the train pass far away.
→ **The train was heard to pass far away.**
我們遠遠地就聽見火車經過的聲音。

在這個被動語態的句子裡，感官動詞（heard）的受詞補語從原形不定詞（pass），被改寫成了 to 不定詞（to pass）。

(3) 否定意味的主詞

當主動語態的主詞具有否定意味時（例如：no one, nobody...），如果要改寫成被動語態，用「by + 否定意味的主詞」這個句型是行不通的喔！

因為「by + 否定意味的主詞」形式不適用，所以要完成被動語態，就<u>必須利用「not + any = no」這種變通的方式，改寫成 "not...by anyone"</u>。

請看以下的例句解析。

No one has ever solved the problem. 從不曾有人解開過那個問題。
↓
The problem has never been solved (by anyone).（○）
The problem has ever been solved by no one.（✗）

不可以使用 by no one 這樣的字眼，必須改寫成 "never... by anyone"。

Lesson 10 準動詞

準動詞，雖然不具有動詞真正的功能，
但仍具有動詞的一些特色。
準動詞可以當自身的受詞，也可以用副詞加以修飾。
不過，卻無法當本動詞使用，故被稱為準動詞。
「不定詞」、「動名詞」、「分詞」等都屬於準動詞。

中級文法 1　不定詞

　　不定詞指的是「to ＋原形動詞」的形態，它能在很多地方發揮各種功能，例如，能夠用來當主詞或受詞等名詞，也能用來修飾名詞，發揮形容詞的功能；還有，不定詞能夠修飾動詞，所以也具有副詞的功能。

　　不定詞，就是這種具有名詞、形容詞、副詞等功能的詞性，所以，很難確切地告訴各位讀者「不定詞就是…」。基於無法確切命名，甚至連名字也被叫做不定詞。不定詞的英語是 infinitive，infinitive 的意思是「無限的」，也是因為不定詞無法被限定的性質而如此命名。

(1) 不定詞的用法

◆ 名詞功能

不定詞可以用來當句子的主詞、受詞、補語等角色，我們稱之為不定詞的名詞用法。

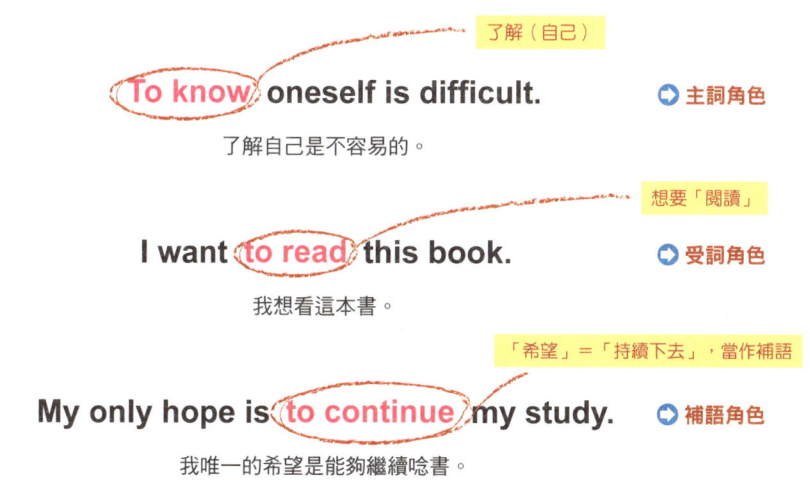

了解（自己）

To know oneself is difficult. ➡ 主詞角色

了解自己是不容易的。

想要「閱讀」

I want **to read** this book. ➡ 受詞角色

我想看這本書。

「希望」＝「持續下去」，當作補語

My only hope is **to continue** my study. ➡ 補語角色

我唯一的希望是能夠繼續唸書。

重點提示 名詞片語（疑問詞＋to 不定詞）的功能，請看下頁例句！

He is learning how to swim. 他正在學游泳。
I don't know what to do. 我不知道要做什麼。
I don't know where to go. 我不知道能去哪裡。

疑問詞加 to 不定詞，用來當作受詞或主詞的情形，我們稱為名詞片語。

上面的例句中，how to swim 是及物動詞 learn 的受詞，中文的意思是「如何游泳」，what to do 是 know 的受詞，是指「做什麼」的意思，而 where to go 是 know 的受詞，指「去哪裡」的意思。

◆ 形容詞功能

① **修飾名詞**。

「建議」的動詞，名詞是 advice，指「意見」

I have no friend to advise me. 沒有一個朋友能給我建議。
這裡是指什麼樣的朋友？指能夠提供「建議」的朋友。
原來，是不定詞 to advise 修飾朋友（friend）這個名詞。

There are many sights to see here. 這裡有很多值得觀光的地方。
什麼樣的地方？「值得觀光」的地方。to see 修飾名詞 sights。

② **當作 be 動詞補語時（be to 用法）**。

to 不定詞與 be 動詞同時使用時，我們稱為「be to 用法」。以使用方式來看，是屬於形容詞用法。「be to 用法」用來表示「預定、義務、意圖、可能、註定」等含意。

預定 ➡「將做⋯」的意思

We are to arrive there at five. — 用以表示未來的副詞片語

我們將在五點到達那裡。

> 義務 ➡ 「必須…」的意思

You are to finish it by six.

你必須在六點之前完成那件事。

> 意圖 ➡ 「如果想…」的意思

If you are to succeed, you must work hard.

你如果想成功，就必須努力工作。

> 可能 ➡ 「能夠…」的意思

No one was to be seen on the street. — 有個表示否定的 "No"，故為否定句

沒有人能夠在路上被看見。

> 註定 ➡ 「面臨…的命運」的意思

He was never to see his home again.

他面臨再也見不到自己家的命運。

Lesson 10 準動詞　203

> 小心唷！

be to 的用法能表示很多意義，因此，必須靠句子的前後文來決定所代表的含意。從上頁的例句中，我們來看看以下這個表示「義務」的句子。

You are to finish it by six.

這個例句中，<u>有一個表示「未來」的副詞片語 by six，所以我們可以判斷是指「預定」的意思</u>。如果翻譯成「你將在六點之前把那件事完成。」感覺上好像不太合理，因為我們不能替對方說明他心裡面的打算。所以，此時應該是以「義務」的含意來解釋整句的意思會比較通順，也就是翻譯為「你必須在六點之前完成那件事。」

◆ 副詞功能

接下來，我們要探討的是不定詞的副詞功能。當作副詞使用時，它能表達各種不同的含意喔。

① **目的**。

此時，不定詞表達的是「為了…」的意思。

修飾動詞 came 的副詞用法

He came to see me. 他來，是為了看我。

注意喲！

如果想要強調「目的」的意義，可以使用 in order to「為了…」代替 to 不定詞。

片語，指「準時」

I get up early (in order) to be in time for the first train.

我早起是為了趕上第一班列車。

② **結果**。

用來表示結果時，還可以分為以下兩種情形。

◎無意識動詞（live, grow up, awake）後面接 to 不定詞。

One fine morning he awoke to find himself famous.
在一個天氣晴朗的早晨，他一醒來就發現自己出名了。

「活著、成長、醒來…」等這些行為，是很難用人的意識去控制的。像上面的例句，在無意識動詞後面接 to 不定詞，一定是表示「結果」。

◎「動詞＋ only / never ＋ to 不定詞」構句。

He worked hard only to fail. 他盡力了，卻還是失敗了。

如果翻譯成「他努力工作，只為了失敗。」不是很奇怪嗎？所以這個例句是在描述一個結果，應該要解釋成「雖然他努力工作，結果卻失敗了。」

③ 原因。
用來表示原因時，中文的意思是「讓（某人）…」。

I was surprised to see Tim at home. 提姆會在家讓我很驚訝。
I am very glad to see you. 見到你讓我很高興。

④ 理由以及判斷的依據。
中文的意思是「竟然…」，緊接在 must be / cannot be / 疑問句 / 感嘆句之後出現的不定詞，多數是用來表示理由以及判斷的依據。

He must be foolish to say something like that. ▶ 推測
竟然說出那樣的話，他一定很笨。

How foolish I was to trust her! ▶ 感嘆句
竟然相信她，我真是太傻了。

⑤ **條件**。

用來表示條件時，中文的意思是「如果…」。此時，所代表的含意和假設語氣是一樣的。轉換的方式如下：

I would be happy to go with you. 如果和你一起走，我會很高興。

這是假設語氣的過去式。詳見 p.298

=I should be happy if I could go with you. ➲ 假設語氣

⑥ **修飾形容詞與副詞**。

這是當作副詞時較一般的用法。

修飾形容詞 hard

English is hard to learn. 英文很難學。

修飾副詞 enough

He is not old enough to go to school. 他還不到可以上學的年紀。

(2) 不定詞意義上的主詞

乍聽之下，真是讓人無法理解這句話的意思呢！主詞就是主詞呀，為什麼要說是「意義上的主詞」？

句子的基本構成是「主詞＋動詞」，此時，動詞的主體是主詞。請看以下的例句分析。

老媽，你現在說的「讀書」，「我」就是意義上的主詞啦。

我真希望你好好讀書。

I expect you to succeed. 我期待你的成功。

上面這個例句中，懷抱著期待的明明是主詞「我」（I），會「成功」（to succeed）的主角是受詞「你」（you）。**這裡的 you 就是不定詞 "to succeed" 意義上的主詞。**

◆ 意義上主詞的形式

> for ＋意義上的主詞＋ to 不定詞

It is impossible **for you to solve** the question.

你不可能會解那一題。

解答題目的是「你」，所以，to solve 意義上的主詞是 you。

注意唷！

意義上的主詞，大部分都會以「for ＋意義上的主詞＋ to 不定詞」的形態出現，所以很容易讓人誤以為所有意義上的主詞都是在 for 之後才會出現。看看以下的例句，各位就能了解到事實並非如此。

> of ＋意義上的主詞＋ to 不定詞

表達一個人的個性或特色的形容詞（careful / careless / good / foolish / honest / kind / nice / rude），後面接「of ＋受格」。

It is kind **of you to say** so.　你這樣說真是太客氣了。

這樣說話的是誰？當然是指 you 囉。

> 小心喔！
> 表示不定詞意義上的主詞時，記得一定要用受格，千萬別忘了。

◆ 省略不定詞意義上的主詞

不定詞意義上的主詞，並非只會以「for＋受詞」或是「of＋受詞」的形態呈現。在下列的例句裡，**我們將會看到不定詞意義上的主詞被省略了**。這是一種即便缺少了意義上的主詞，仍然不會影響完整含意的情形。

◎意義上的主詞和句子中的主詞一致。

I expect to succeed. 我（自己）期待著成功。
＝I expect that I will succeed.

懷抱期待的是「我」，達到成功的也是我自己。
所以，在這個句子根本不需要重複意義上的主詞。

◎意義上的主詞與句子中的受詞一致。

I expect you to succeed. 我期待你能成功。
＝I expect that you will succeed.

這個句子裡 to 不定詞意義上的主詞是 you，那麼，
應該用 to 不定詞意義上的主詞形態 for you 嗎？
其實不然，因為這個句子並不需要用到 for you。
為什麼呢？因為，句子中的受詞 you 和 to 不定詞意義上的主詞是一樣的。

◎意義上的主詞為一般人。

It is not easy to learn a foreign language. 學外語並不容易。

是誰在學呢？是一般人。這就是即使缺少了意義上的主詞，也不影響完整含意的情形。

(3) 原形不定詞

不定詞被稱為「to 不定詞」，足見 to 的重要份量。不過，你相信少了 to 也可以是不定詞嗎？

是的，沒有了 to，也還是「不定詞」。只不過**這種不定詞只有原形動詞，所以被稱為原形不定詞**，以下就是應用的例句。

感官動詞＋受詞＋原形不定詞（現在分詞）

感官動詞是什麼樣的動詞呢？就是指經由感覺器官（眼、鼻、耳、口）得到認知的動詞，例如 see, hear, watch 等等。**感官動詞，通常使用原形不定詞或現在分詞當作受格補語。**

I have heard him sing. 我聽見他在唱歌。

sing 正是原形不定詞，這裡的 sing 是受詞 him 的補語，也就是指他在唱歌的狀態。

使役動詞＋受詞＋原形不定詞

　　使役動詞，我們曾在前面「句子的 5 種形式」中學過。這是指使他人的動詞嘛，呃，對 5 大句型感到很陌生啊？如果是這樣的話，請翻到 Lesson 6 再複習一遍吧！

　　雖然這裡同樣是用原形不定詞。但是請注意！眾多**使役動詞**當中，只能在 make, have, let 後面接原形不定詞，其他的使役動詞都是接 to 不定詞。

What makes you think so? 你為什麼這麼想？

若是照原文直譯則是「是什麼導致你有這樣的想法？」主詞是 what，受詞是 you，think 則是原形不定詞；當然，makes 是使役動詞。

◆ 原形不定詞的慣用句型

　　以下這幾個原形不定詞的慣用句型，都無法從字面上推測出其意義，但如果不明白意思就很難了解句意，所以請讀者們務必牢記。

had better ＋原形不定詞 ➡ 最好…

You had better **consult** the doctor. 你最好找個醫生治療。
> 指「接受…的意見，接受治療」的意思

do nothing but ＋原形不定詞 ➡ 只是…

She did **nothing but** cry. 她只是不停地哭泣。
> 慣用語，only（只有）的意思

can't but ＋原形不定詞 ➡ 不得不…

I **can't but laugh.** 我不得不笑。

can't but ＋ 原形不定詞 ＝ can't help ＋ V-ing

(4) to 不定詞的慣用句型

我們才剛學過關於原形不定詞的慣用句型。接下來，我們要了解 to 不定詞的慣用句型囉！

too...to... = so...that...can't
➡ 太…，以致於…

He is **too** young **to** understand it.
＝He is **so** young **that** he **can't** understand it.
他太年輕了，以致於無法了解這件事。

以下是另一個 to 不定詞的慣用句型。

> enough to... = so... that... can
> ➡ 足以…

He is rich enough to buy a new car.
＝He is so rich that he can buy a new car.

他富有到足夠買新車。
＝他很富有，以致於他買得起新車。

Grammar Café

為什麼 "too...to..." 是指「太…以致於無法…」的意思？

　　首先，我們來看看 too 這個單字。too 代表「太…；過於…」的意思，意即用以表示超過的程度。因此，要是將「風景實在很美。」這句話說成 "This scenery is too beautiful."（Ｘ）絕對是錯誤的用法。但是，「天氣太冷」這句話卻可以用 "It is too cold."（○）來表達。如果有人說「我喜歡太冷的天氣。」或是「她喜歡雨下得太大的天氣。」聽起來是不是很怪？英語文法是以一般狀態為主的規則，因為沒有人會認為那樣的天氣是值得期待的，所以 too 也附帶著「無法、不能」等負面的意思。

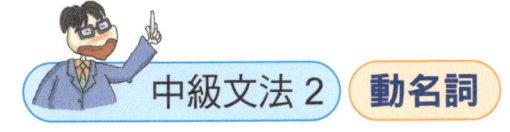

中級文法 2　動名詞

　　動名詞，就是能夠扮演動詞和名詞的角色。因為，「動名詞」就是「動詞＋名詞」的混合體。形態是「原形動詞＋-ing」。

動名詞擔任的是名詞角色，因此，可以在句子中當主詞、受詞、補語使用。此外，因為具有動詞的性質，所以也會被副詞（片語）加以修飾。來，我們再詳細探討一下有關動名詞的種種。

> 不定詞可以變身名詞、形容詞、副詞，你比不上吧！

準動詞

> 就算是上刀山、下油鍋，動名詞都在名詞的崗位上盡忠職守！

(1) 動名詞的名詞用法

動名詞，是擁有動詞性質的名詞。因此，它能發揮名詞的功能。

◆ 當作主詞

「起床」的意思，句子的主詞

Getting up early in the morning is good for the health.

早起對身體健康有好處。

◆ 當作受詞

① **作及物動詞的受詞**。

「演奏」的意思，是 like 的受詞

She likes playing the piano. 她喜歡彈鋼琴。

② **作介系詞的受詞**。

「說話」的意思，是 without 的受詞

She went out without saying a word. 她默默地走了出去。

◆ 當作補語

書寫，is 的補語　　　　　　　　　　　　「偵探的」，形容詞。當名詞時指「偵探」

The great pleasure is writing detective stories.

最大的興趣是寫偵探小說。

(2) 動名詞意義上的主詞

動名詞也和不定詞一樣，有意義上的主詞。文法上雖然是名詞，但由於擁有動詞性質的關係，所以，也會有產生動作的主角。

動名詞在意義上的主詞用所有格表示。

I don't like my sister's going to such a place.
　　　　　　　所有格

我不喜歡我的妹妹去那種地方。

小心唷！
有時也會以受格代替所有格，請看以下的例句。

I don't like my sister going to such a place.
　　　　　　受格

對了！還有一個重點。使用動名詞當作主詞時，意義上的主詞一定會使用所有格。

My loving him has changed my life.
所有格

我對他的愛已經改變了我的人生。

以上的內容，我們探討的是針對動名詞在意義上的主詞部分。不過，有時候也會省略動名詞意義上的主詞。哎唷！好不容易努力記住了，居然又說可以省略不用？一般來說，動名詞意義上的主詞是有必要使用的，但若是碰到以下這種特殊的情況，就可以省略不用。

可以省略動名詞意義上的主詞的情況，一般來說，一定是**意義上的主詞為一般人或與句子的主詞一致**。這種情況與「省略不定詞在意義上的主詞」很類似。

Smoking is harmful to the health. 吸煙有害健康。

這裡是指一般人抽煙的行為會危害他們的身體健康，所以在句中被省略的意義上的主詞應該是 their 或是 people's。

He doesn't like going there. 他不喜歡去那個地方。

這裡的主詞 He 和動名詞 going 意義上的主詞 (his) 是一致的。

(3) 動名詞的慣用句型

接著，我們要來看看含有動名詞的幾個慣用句型。

> There is no ＋ V-ing ➡ 無法…

There is no accounting for tastes.

人的興趣是沒有辦法說明清楚的（興趣是千奇百怪的）。

> It is no use(good) ＋ V-ing ➡ …是沒有用的

It is no use crying over **spilt** milk.

spill「潑灑」的過去分詞

為潑灑的牛奶哭泣是於事無補的（覆水難收）。

can't(couldn't) help ＋ V-ing ➡ 不得不⋯

I couldn't help laughing at the funny sight.

看到那個滑稽的畫面，我忍不住笑了出來。

of one's own ＋ V-ing ➡ 親自⋯

This is the tree **of my own planting**.

這是我親自栽種的樹。

on ＋ V-ing ＝ as soon as ＋ V-ing
➡ 一⋯，就⋯

On hearing this, I changed my plans.

一聽到這件事，我就立即改變了計畫。

It goes without saying that... ➡ 不用說⋯

It goes without saying that he will help us.

不用說也知道他會幫我們的忙。

Lesson 10 準動詞

be worth ＋ V-ing ➡ 值得⋯

This book is worth reading.

這本書值得一看。

feel like ＋ V-ing ➡ 想要⋯

I felt like crying to hear the news.

聽到那個消息我就想要哭。

中級文法 3　動詞後面接不定詞或動名詞的用法

(1) 把動名詞當受詞的動詞

以下這些動詞，後面的動詞都要加上 -ing：mind, enjoy, give up, avoid, deny, escape, resist, finish, practice, postpone, stop, repent, consider, appreciate。

Would you mind helping me with this? 可以幫我一下嗎？

We enjoyed having you for dinner. 我們很高興能夠邀請你和我們一起吃晚餐。

(2) 將不定詞當受詞的動詞

把不定詞當受詞的動詞，通常是跟「未來」、「期望」有關的動詞；以下這些動詞，後面都是接不定詞：wish, hope, expect, plan, want, intend, refuse, decide, mean, care, choose, agree, pretend。

He wishes to come with us. 他想和我們一起走。

We hope to leave before dawn. 我們希望能在天亮之前離開。

(3) 不定詞和動名詞皆可當受詞的動詞

有些動詞可以用動名詞當受詞，也可以用不定詞當受詞。但是，兩種用法所傳達的含意有所不同。

① **remember ＋動名詞／不定詞**。

remember ＋動名詞：記得曾經做過某事

remember ＋ to 不定詞：記得要去做某事（但事實上還沒做）

I remember seeing her. 我記得曾經見過她。

I remember to see her. 我記得要和她碰面的事。

② **try ＋動名詞／不定詞**。

try ＋動名詞：試試看

try ＋ to 不定詞：努力去做

I tried growing potatoes in this area. 我試著在這裡栽種馬鈴薯。
I tried to grow potatoes in this area. 我努力在這裡栽培馬鈴薯。

③ <mark>regret ＋動名詞／不定詞</mark>。

　　regret ＋動名詞：對於過去曾發生過的事情感到遺憾

　　regret ＋ to 不定詞：很遺憾必須傳達某個壞消息

I regret lending him some money.
我後悔把錢借給了他。

I regret to tell you that you failed the test.
很遺憾我必須告訴你考試不及格的事。

哇！表達的方式有這麼多變化，想在不熟悉文法的情形之下解讀，那簡直是緣木求魚啊。什麼？你不懂「緣木求魚」這句成語的意思啊？快去把你的國語字典找出來吧！

> I remember seeing her on this mountain. 〔動名詞〕
>
> I remember to see her today. 〔不定詞〕
>
> 緣木求魚？是一個叫「緣木」的人在釣魚嗎？

中級文法 4　分詞

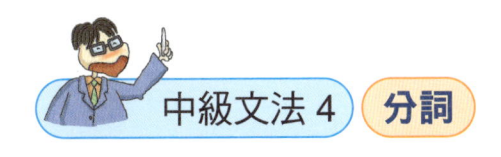

終於到了要學習最後一個準動詞「分詞」的時間了。分詞，原本是扮演形容詞角色的詞性，但也擁有動詞的性質。

分詞可以分為「現在分詞」和「過去分詞」，現在分詞是動詞＋ -ing，過去分詞是動詞＋ -ed。

不過，為什麼要把它叫做分詞呢？一般來說，分詞在句子中只能負責一小部分的作用，不能實行獨立性的文法功能。比方說像現在進行式「be 動詞＋現在分詞」，被動語態「be 動詞＋過去分詞」，以及完成式的「have＋過去分詞」。**分詞的英語名稱叫做 participle；而 part 是指「部分」的意思。由此可見，分詞果然是只能發揮「一部分作用」的詞性。**

(1) 分詞的種類

◆ 現在分詞

現在分詞，只需要在動詞後面接 ing 即可，也就是「原形動詞＋ -ing」，這就是構成進行式的必要元素。

現在分詞的意義可以分為兩大類，那就是主動和進行。

It was an **exciting** game.　　　　⇨ 主動
那是一場刺激的競賽。

They are **playing** soccer now.　　⇨ 進行
現在他們正在踢足球。

◆ 過去分詞

過去分詞有「原形動詞＋-ed」的規則變化和不規則變化兩種，表示被動或完成的意思。過去分詞可以和 be 動詞結合形成被動語態，或者和 have 結合形成完成式。大家還記得吧，這些可都是前面章節就學過的重點喔。

> 動詞片語，「被…覆蓋著」的意思。詳見 p.192

The park is covered with fallen leaves. ➡ 被動
整個公園都被落葉覆蓋著。

He has just heard some bad news. ➡ 完成
他剛剛才聽到壞消息。

(2) 區分現在分詞和動名詞

現在分詞和動名詞形態很相似，所以一不小心就很容易混淆。現在分詞和動名詞最根本上的差異點，就在於它們的功能不同。**現在分詞扮演的是形容詞的角色，動名詞則是擔任名詞的角色**。

> 與 be 動詞結合，表示進行的狀態

I am not playing a computer game. ➡ 現在分詞
我沒有在玩電腦遊戲。

> 修飾 baby

Look at that sleeping baby. ➡ 現在分詞
你看那個正在酣睡的嬰兒。

> be good at ＝ 對…很拿手

> 「說」，當介系詞 at 的受詞

Jean is good at speaking English. ➡ 動名詞
琴的英文說得很溜。

> 「用來睡覺的」

Do you have a sleeping bag. 你有睡袋嗎？ ➡ 動名詞

現在式是強調「進行中」的狀態；動名詞是在表達「用途」。

考試的時候，大家經常會碰到要分辨現在分詞還是動名詞的題目。我們可以從以上的例句中得知，現在分詞可以和 be 動詞結合變成進行式，因此，大部分的進行式都是 be 動詞後面直接加上 V-ing（現在分詞）。

而因為動名詞可以扮演名詞的角色，所以很多時候，它都在介系詞後面擔任受詞的角色。往後若是看到介系詞後面出現 V-ing，各位就幾乎可以確定它是動名詞了！

我是 sleeping beauty，現在分詞。

我是 sleeping bag，公主我們一起睡吧。

你這傢伙！你當自己是會睡覺的袋子嗎？你是被用來睡覺的袋子！你是動名詞！

可是，若是介系詞後面接的是指示形容詞（that）或冠詞，那麼接著出現在後面的 V-ing，大部分都是現在分詞居多。

(3) 分詞的用法

分詞，扮演的是形容詞的角色。
所以，它也跟形容詞一樣，分為「限制用法」和「敘述用法」。

◆ 限制用法

這是指分詞直接修飾名詞的情形。這種用法並不重視分詞的位置，是一種直接修飾名詞的限制用法。

① **分詞置於名詞前面**。

單獨使用分詞時，一般來說，都會將分詞置於名詞前面以修飾名詞。

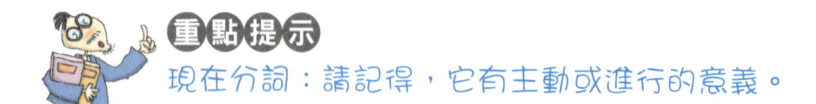

重點提示
現在分詞：請記得，它有主動或進行的意義。

進行 ◯ **a barking dog** 正在吠叫的狗，**a sleeping baby** 正在酣睡的嬰兒
主動 ◯ **an exciting game** 一場刺激的比賽，**an amusing story** 一則有趣的故事

Do you know that sleeping baby? 你認識那個正在酣睡的嬰兒嗎？

重點提示
過去分詞：可以用來表示被動或完成的意義。

被動 ◯ **a broken leg** 斷了的腿
完成 ◯ **fallen leaves** 落下來的葉子（＝落葉）

Look at the fallen leaves. 看那些落葉。

② **分詞置於名詞後面**。

英文句子裡的元素只要變得冗長，一律都要往後移動，不知道大家還記不記得這件事？其實分詞也是這樣的，如果本身的受詞、補語等修飾語句越變越長時，一律都要往名詞後面移動。

◎現在分詞

The man **painting a picture** is my teacher.
（修飾 man）

在畫畫的那個人就是我的老師。

◎過去分詞

Look at the mountain **covered with snow**.
（修飾 mountain）

看那座被大雪覆蓋的山。

> 喂！英文很不喜歡長長的身體。你太長了，所以應該排到後面去。

> 我要站在名詞前面啦，我的朋友都在那邊耶。（分詞）

◆ 敘述用法

分詞當補語（主詞補語或受詞補語）使用的方式稱為敘述用法。

① **現在分詞當補語**。

He sat **watching** TV. 他正坐著看電視。 ➡ 主詞補語

I heard him **playing** the piano. 我聽到他在彈鋼琴。 ➡ 受詞補語

Lesson 10 準動詞　225

② **過去分詞當補語**。

I feel ⟨tired⟩ all the time. 我總是感到很疲倦。 ◯ 主格補語

> I 感到疲倦，是主格補語

> my name 被呼喚，是受格補語

I heard my name ⟨called⟩. 我聽見我的名字被呼喚。 ◯ 受格補語

(4) 分詞構句

分詞構句，是指利用現在分詞或過去分詞，將句子簡化的構句方式。**分詞構句除了扮演「連接詞＋主詞＋動詞」的角色之外，在文脈上也能表示時間、理由、條件、附帶狀況等。**

◆ **分詞構句的步驟**

① 除去副詞子句的連接詞。
② 確認副詞子句的主詞和主要子句的主詞是否一致，在一致的情況之下，除去副詞子句的主詞；但若是與主要子句的主詞不同時，則將副詞子句的主詞以主格形態保留。
③ 將副詞子句的動詞改為分詞形態。

接著，我們就來牛刀小試一下。

When I looked up, I saw her go out. ◯ 原句

① 除去連接詞 when。
② 這裡的副詞子句主詞 I 和主要子句中的主詞 I 是一樣的，因此，可以除去副詞子句中的 I。

③ 將副詞子句的動詞 looked 改成分詞形態 looking。

Looking up, I saw her go out. ➡ 分詞構句

當我抬起頭，我看見她走出去。

◆ 分詞構句的用法

分詞構句可以表示以下各種狀態。

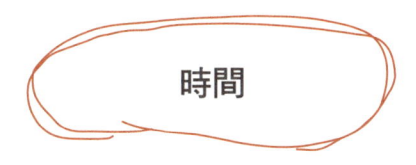

時間

用來表示時間的時候，副詞子句的連接詞用 when, while, after, as。

Walking along the street, I met an old friend of mine.

走在路上的時候，我遇到一個老朋友。

原因、理由

用來表示原因、理由時，副詞子句的連接詞用 because, as。

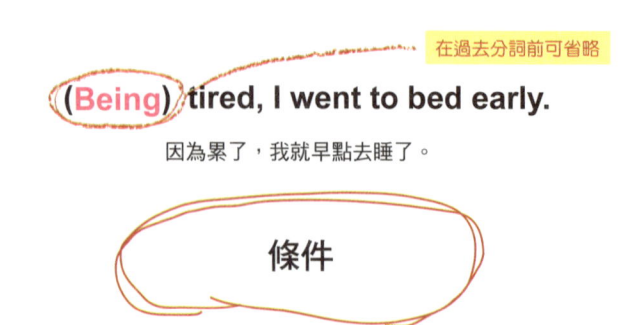

(Being) tired, I went to bed early. 在過去分詞前可省略

因為累了，我就早點去睡了。

條件

用來表示條件時，副詞子句的連接詞用 if。

Turning to the right, you will find the post office.

向右轉的話，你就會看見郵局。

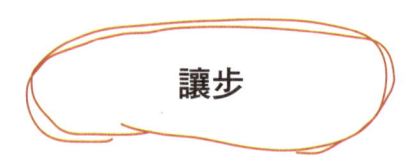

讓步

在英文文法中，「讓步」的意思是指「雖然…」的句子，而分詞構句表示讓步時，連接詞用 though, although 等。

Admitting what you say, I still don't believe it.

雖然我認同你所說的話，但我還是不相信那件事。

附帶狀況

附帶狀況是指幾件事情一起發生的狀況。

Singing and dancing together, we had a good time.

一起唱歌、跳舞，我們度過了愉快的時光。

連續動作

某一個動作持續發生的情形，就稱為連續動作。

Walking on tiptoe, I approached the window.

我踮著腳尖走到窗戶旁邊。

◆ 分詞構句的否定

造否定的分詞構句時，只要在分詞構句前加 not 即可。

Not knowing what to do, I asked for his advice.

不知道該怎麼做，於是我詢問他的意見。

小心唷！
not 應該放在分詞的前面。

◆ 分詞構句的時態

　　分詞構句也有時間差異的表示法，區分為單純分詞和完成分詞。

① 單純分詞。

> 形態：原形動詞＋-ing
> 用法：分詞構句與主要子句的時態相同時使用。

Bathing (While he was bathing) in the river, he was drowned.

他在河裡洗澡的時候溺死了。

② 完成分詞。

> 形態：Having＋過去分詞（p.p.）
> 用法：分詞構句比主要子句還要早一個時態時使用。

Having received (As I had received) no answer from him, I wrote again.

沒收到他的回覆，於是我又重新寫了一封信。

沒有收到回覆在先，重新寫信在後，所以使用完成分詞構句。

◆ 分詞的特殊用法

　　可以利用分詞形態表示多種不同的含意。

> have＋某物＋過去分詞＝使某物被某人…

He had his car repaired.

他讓人修了車。

名詞＋-ed＝有…的

He bought me a blue-eyed doll.

他買了一個有藍眼睛的娃娃給我。

the ＋分詞＝可以當普通名詞，抽象名詞使用

The plain was covered with the wounded and the dying.
　　　　　　　　　　　　　　　傷患　　　　　　瀕臨死亡的人們

平原上充滿了傷患與將死之人。　　➡ 複數的普通名詞

The unknown is always mysterious and attractive.
未知的世界

未知的世界總是神祕又吸引人。　　➡ 抽象名詞

◆ 獨立分詞構句

使用分詞構句的句型時，如果副詞子句的主詞不同於主要子句的主詞，則應該保留副詞片語的主詞部分。<u>像這樣把分詞構句意義上的主詞另行表示的方式，稱為獨立分詞構句。</u>

After the sun had set, we gave up looking for them.
➡ The sun having set, we gave up looking for them.

太陽下山後，我們就放棄尋找他們了。

Lesson 10 準動詞　231

◆ 無人稱獨立分詞構句

哇，複雜的問題又了來一個。好不容易弄懂了獨立分詞構句，現在居然又出現了一個「無人稱獨立分詞構句」，這究竟是什麼意思啊！？

其實，相當簡單。分詞構句的主詞和主要子句的主詞不同時，以獨立分詞構句表示是很普遍的用法，**即使分詞構句與主要子句的主詞不同，也不必使用另外的主詞來指出不確定的對象（we, you, people... 等等）**，像這種情況，我們就稱為無人稱獨立分詞構句。

原來在不定詞或動名詞的意義上，主詞的用法是差不多的嘛。

If we speak generally, Taiwanese people are kind.
○ **Generally speaking**, Taiwanese people are kind.

一般來說，台灣人是親切有禮的。

注意唷！

多了解一下慣用的無人稱獨立分詞構句，往後的學習會更輕鬆喔！

慣用的無人稱獨立分詞構句 ○

Generally speaking, ... 一般來說…
Frankly speaking, ... 坦白說…
Strictly speaking, ... 嚴格來說…

PART 5 大會串

LESSON 11 介系詞和連接詞

LESSON 12 關係詞

Lesson 11 介系詞和連接詞

把單字或句子連接在一起的用詞，就是介系詞和連接詞。
介系詞連結名詞與名詞，用來表示詞語之間的關係，
結合而成的片語沒有動詞，所以不能成為一個獨立的句子。
連接詞則是用來連接句子，
結合成的子句具有主詞、動詞等元素，
擁有獨立句子的架構。

進階文法 1　介系詞

介系詞可以結合名詞或代名詞，成為形容詞片語或副詞片語。

介系詞後面出現的代名詞或名詞，是介系詞的受詞，大家應該早已對這句話「耳熟能詳」了吧。

只不過為什麼叫做介系詞呢？**介系詞有「⋯被放在前面」的意思，英文是 preposition，pre 是「前」，posit 是「放」**，所以，英文的解釋也是指「放在前面」的意思。

為什麼我就是不能跑？

因為你沒有主詞和動詞嘛。不能成為一個完整的句子。

(1) 介系詞扮演的角色

> 介系詞＋名詞（代名詞）
> ＝形容詞片語或副詞片語

◆ 形容詞角色＝形容詞片語

修飾名詞 the girl

The girl (on the stage) is my sister. 舞台上的女孩是我的妹妹。

◆ 副詞角色＝副詞片語

修飾動詞 met

I met her (at the station). 我在車站見到了她。

（對話框）
- 我永遠是帶頭的介系詞，孩子們跟我走！ 介系詞
- 我們是介系詞片語。 名詞 代名詞

(2) 介系詞的受詞

可以擔任介系詞受詞的有名詞、代名詞、具有名詞性質的詞語等。

◆ 名詞與代名詞做為受詞

介系詞 between 的受詞

The river runs between **the two countries**.
那條河流經兩個國家之間。

介系詞 at 的受詞

She looked at **him** for a while. 她看著他好一會兒。

◆ 動名詞做為受詞

　　嚴格來說，動名詞也是名詞的一種。因此，**它也是名詞性詞語，可以當作介系詞的受詞**。

without 的受詞

She left the room without **saying** a word. 她一語不發地走出那個房間。

◆ 名詞片語做為受詞

　　有些情況下，「名詞片語」會成為介系詞的受詞。此時，「名詞片語」理所當然扮演的是名詞的角色吧？因此，它當然也是名詞性詞語。

具有名詞性質的詞語，在 P.131 已經學過囉！

介系詞 about 的受詞

We are talking about **where to go** for the summer.
我們正在討論夏天要去哪裡玩。

(3) 介系詞的種類

◆ 簡單介系詞

　　像 <u>after, from, in</u> 等單一字彙的介系詞，我們稱為簡單介系詞；大部分的介系詞都屬於此。

I usually watch television after dinner.

我通常晚餐後才看電視。

◆ 雙重介系詞

像 from under（「從…底下」）這種兩個相同性質的介系詞放在一起使用時，我們稱為雙重介系詞。

The dog crawled out from under the sofa. 那隻狗從沙發底下爬出來。

◆ 片語介系詞

像 in spite of（儘管）或 because of（由於）等，把兩個以上的字彙結合在一起，如同片語一樣扮演介系詞的角色，我們就稱為片語介系詞。

儘管

In spite of her handicaps, she succeeded.

儘管情況對她不利，她仍舊成功了。

由於

The performance was cancelled because of poor attendance.

因為觀眾很少，所以那場表演取消了。

Lesson 11 介系詞和連接詞　237

(4) 介系詞的位置

原則上，介系詞應該放在受詞（名詞、代名詞）前面。但是，如果遇到下面的情形，要特別當心介系詞的位置喔！

◆ 受詞是疑問詞

Where do you come **from**? 你來自哪裡？

◆ 受詞是關係代名詞

關於關係代名詞，詳見 p.259

This is the house (which) they live **in**. 這就是他們住的房子。

◆ 不定詞與介系詞結合成形容詞

She has no friend **to play with**. 她沒有可以一起玩的同伴。

◆ 包含介系詞的動詞片語變成被動語態

A cat was **run over** by the car. 貓被車撞了。

原句是 The car ran over a cat，在這裡是介系詞後面放了受詞 a cat。

(5) 介系詞的意義

介系詞並不是毫無用處的放在名詞或代名詞前面，它本身也有所要表達的意義。接下來，我們要來了解一下各種介系詞的含意。

◆ 表示時機的介系詞

用來表示時機的介系詞可分為三種，依照時間的長短和狀態的不同來選擇使用哪一個介系詞。

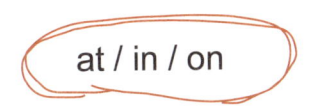

at / in / on

種類	意義
at	短暫的時間（分鐘、時刻、正午、晚上、凌晨） at dawn 凌晨 / at sunset 黃昏時分 / at midnight 深夜
in	比 "at" 長的時間（早上、下午、年、月、季節、世紀） in the morning 早上 / in the afternoon 下午 / in the twenty-first century 二十一世紀
on	日期，特殊節日的早上、下午、晚上 on Christmas day 聖誕節

I usually get up at seven thirty. 我通常七點三十分起床。

There are seven days in a week. 一週有七天。

I was born on the 24th of August in 1959.

我是一九五九年八月二十四日出生的。

小心唷！

句子裡有使用到 this, next, last 這些字彙的時候，就不必再用 on 或 in。

少了我，分鐘、時刻能存在嗎？

我比你有更長的時間，當然是比你了不起囉！

我不隨便拋頭露面，我可是很尊貴的唷！

Lesson 11 介系詞和連接詞

till (until) / by

這兩個介系詞都是指「直到…」的意思，表示完成之前的持續狀態用 till，表示已完成的狀態用 by。

種類	意義
by	「直到…」 ➡ 表示動作的完成。 通常和 return, arrive, reach, finish...等動詞一起使用。
until	「直到…」 ➡ 表示動作的持續。 通常和 stay, wait, work, study...等具有持續意義的動詞一起使用。

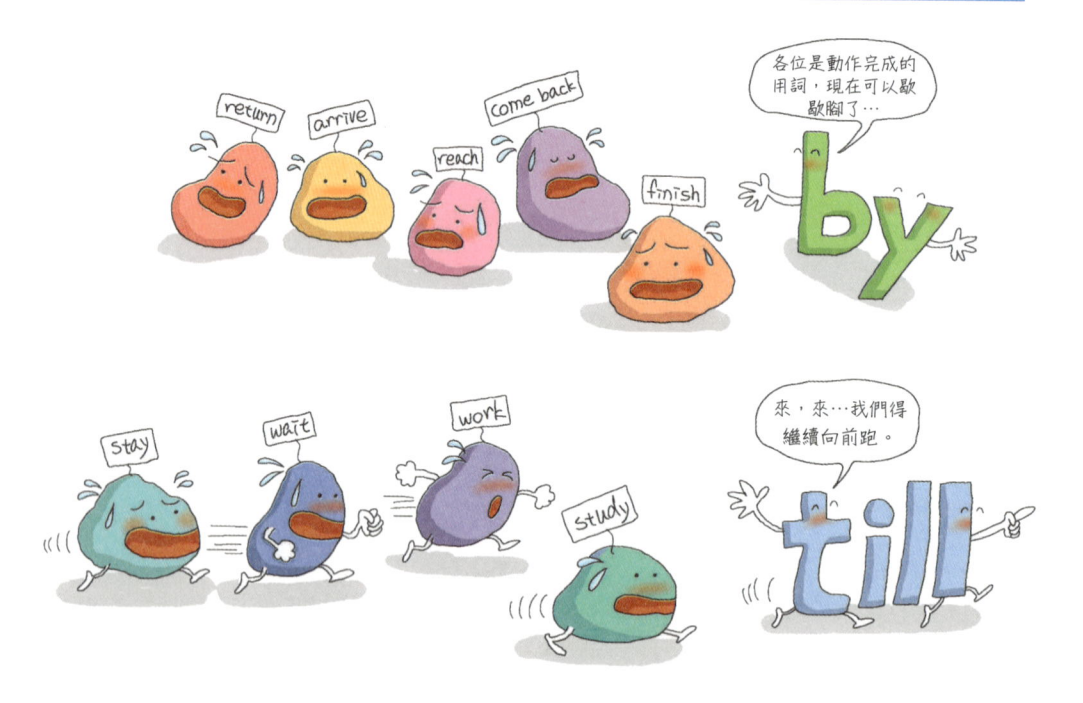

I will be back by six. 六點以前我會回去。
I will stay here until next Friday. 到下個禮拜五我都會待在這裡。

for / during / through

接著是期限，也就是表示「在…期間」的介系詞。

種類	意義
for	「…期間」 ➡ 表示限定的時間，出現確切數字的情況居多。
during	「…期間」 ➡ 表示持續的時間，明確指出一段時間的情況居多。
through	「…期間內一直」 ➡ 表示從開始到結束。

The war lasted for three years. 戰爭持續了三年的時間。

I was in the army during the war. 戰爭期間，我都在服兵役。

I stayed at my uncle's through the vacation. 放假期間，我都住在舅舅家。

from / since

from 和 since，表示從一定的時間點開始。

種類	意義
from	「從…開始」 ➡ 表示某個事實發生的起始點。
since	「自從…」 ➡ 表示持續性的動作，是一個狀態的起始點。

哇，你看起來快累垮了。我現在才要開始跑耶…

我從一個月前一直跑到現在呢。

Lesson 11 介系詞和連接詞　241

***From** now on I will believe you.* 從現在起，我會開始相信你。
I have not heard from him *since* last month.
從上個月開始我就一直沒有聽到他的消息。

◆ 表示場所的介系詞

表示場所的介系詞，會依照場所的大小以及空間的性質而有所區別。

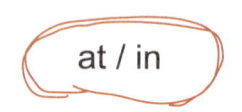

at / in

種類	意義
at	使用於相對較狹小的場所（村落、城鎮、車站）。
in	使用於相對較寬敞的場所（大都市、國家）。

The library is located *at* the biggest park *in* Taipei City.
那家圖書館位在台北市最大的公園裡。

on / above / over

相較於 at 和 in，on, above, over 能夠表示更細節的場所。

介系詞和連接詞

種類	意義
on	「在…上面」➡ 觸及表面。
over	「在…之上，越過…」➡ 強調空間。
above	「在…之上」➡ 更高的地方。

There are some books on the table. 桌子上放著幾本書。
There is a long bridge over the river. 有一座長長的橋橫跨在河川上。
The birds flew above the trees. 鳥群飛過樹叢上方。

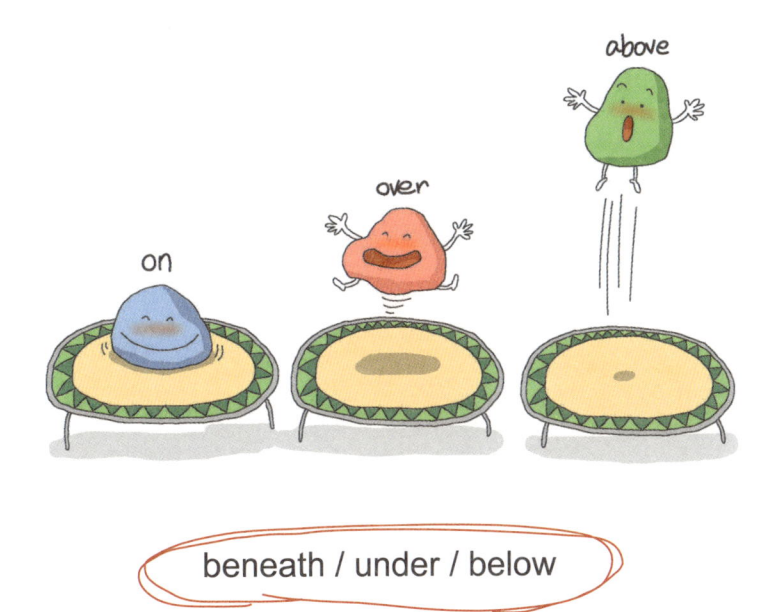

beneath / under / below

接下來是用來表示「下面」的介系詞，同樣有各式各樣的表達方式。

種類	意義
beneath	「在…之下」➡ 觸及表面。
under	「在…之下」➡ 強調空間。
below	「在…下面」➡ 更下面的地方。

Lesson 11 介系詞和連接詞　243

The ship sank **beneath** the waves. 那艘船被海浪吞沒了。

They lay down **under** a tree. 他們躺在樹下。

The sun has sunk **below** the horizon. 太陽消失在地平線之下。

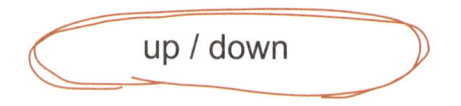

up / down

有下面，就一定有上面。接下來介紹 up 和 down 的差異性。

種類	意義
up	「往上」 ➡ 表示運動中的狀態。
down	「向下」 ➡ 表示運動中的狀態。

He was climbing up the mountain. 他爬上山頂。

He was running down the stairs. 他跑下樓梯。

before / behind / after

以上這幾個介系詞，能夠明確地表示前後的關係，請看以下的說明。

種類	意義
before	「在…前面」 ➡ 表示靜止的狀態。
behind	「在…後面」 ➡ 表示靜止和運動中的狀態。
after	「在…之後，跟著…」 ➡ 表示運動中的狀態。

You must stand before me. 你必須站在我的前面。

The sun was behind the clouds. 太陽躲在雲後面。

The dog was running after the cat. 狗追著貓。

between / among

between 和 among 都是表示「在…之間」的意思，這兩個有什麼差別呢？

種類	意義
between	「…（兩者）之間」
among	「…（三個以上）之間」

There is a long river between the two villages.
有一條長長的河流過兩個村落之間。

He is popular among the students. 他在學生之間很受歡迎。

◆ 表示方向的介系詞

「方向」同樣也有朝那裡去、朝這裡來等多樣的表達方式。

to / for / toward

種類	意義
to	「向…」 ◯ 置於 go, come, get, return, send 後面，表示終點。
for	「向…」 ◯ 置於 start, leave, sail 後面，表示目的地。
toward	「朝…方向」 ◯ 置於 turn, rush 後面，純粹表示運動的方向。

Grammar Café

蒼蠅明明停在天花板的下面，為什麼用 on？

I saw many flies on the ceiling.
我看見有很多蒼蠅在天花板上。

　　天花板「下方」停著一隻蒼蠅，這時候的表達方式要用 "on"。為什麼呢？理由很簡單，從我們的角度看來，蒼蠅是停在天花板下方沒有錯，但是從蒼蠅的立場來看，牠們是停在天花板「上面」，所以用 on 這個介系詞才是正確的喔！

Lesson 11 介系詞和連接詞　247

He went **to** school. 他去上學了。
He left **for** Paris. 他朝巴黎出發了。
She turned **toward** me. 她轉向我。

across / along / through

趕時間的話，當然走捷徑最快囉！這時候，就要利用到以下這幾個介系詞。

種類	意義
across	「越過…；走過…」
along	「沿著…」
through	「貫穿…」

He ran **across** the street. 他跑過馬路。
We walked **along** the street. 我們沿路走著。
The river flows **through** the city. 那條河貫穿整座城市。

in / into

要描述「進到裡面去」的時候，也是要找介系詞的幫忙。

種類	意義
in	「在…裡面」 ○ 靜止的狀態、或是在某個場所內移動。
into	「向…裡面」 ○ 進入的運動狀態或進入某個場所的動作。

There was no one **in** the room. 房間裡沒有人。

He came **into** his office. 他走進辦公室裡。

out of / from

想到外面去，同樣得帶著介系詞喔！

種類	意義
out of	「到…外面」
from	「從…」 ▶ 表示出發點。

They came **out of** the hotel. 他們到飯店外面去了。

He started **from** his school. 他從學校出發了。

◆ 表示理由、原因的介系詞

種類	意義
at	「聽見…；看見…」 ▶ 情感因素。
over	「對於…；由於…」 ▶ 情感因素。

I was very pleased at the news. 聽到那個消息，我感到非常高興。

She mourned over his sudden death. 對於他的猝死，她感到哀慟。

◆ 表示結果的介系詞

種類	意義
to	表示動作的結果。
into	表示變化的結果。

He was frozen(burnt) to death. 他被凍（燒）死了。

Heat changes ice into water. 熱把冰塊溶化。

To my disappointment, my son failed in the examination.

讓我失望的是，我的兒子沒有通過考試。

「to ＋所有格＋情感的抽象名詞」（令某人…）是修飾整體句子的用法。

◆ 表示贊成或反對的介系詞

種類	意義
for	贊成…
against	反對…

Are you for or against my plan? 對於我的計畫，你是贊成還是反對？

進階文法 2　連接詞

「連接詞」的功用是連接兩個詞語之間的關係，說的詳細一點，「連接詞」是連接單字與單字、片語和片語、子句與子句的詞性。也可以說，它是英文的「黏著劑」。

(1) 對等連接詞

對等連接詞，是連接對等關係的單字、片語、子句的連接詞。因此，對等連接詞只能將同一種文法用途的詞語連接在一起。

對等連接詞的前、後，只能放相同的詞性或同一種形態的詞語。

> and
> 含意：然後，而且，…和…
> 使用方式：連接前、後

① **連接單字與單字**。

前後都是名字

Tom and Jack are good friends. 湯姆和傑克是好朋友。

② **連接片語和片語**。

前後都有介系詞片語

I go to school by bus and by train. 我搭乘巴士和火車上學。

③ **連接句子和句子**。

前後都有句子

Ariel lives in Taipei, and William lives in Tainan.
愛麗兒住在台北，威廉住在台南。

注意唷！

「祈使句, and...」有「去做…，那麼就會…」的意思。

Hurry up, **and** you will be in time for school.
快一點，你就可以準時到校。

> **but**
> 含意：可是，雖然…
> 使用方式：連接前、後對比的意思

① **連接單字與單字**。

Slow **but** steady wins the race. 穩紮穩打必能致勝。

這個句子也可以使用 slow and steady，表示的是同樣的含意。

② **連接句子和句子**。

He speaks Korean, but he doesn't speak English.

他會說韓語，卻不會講英文。

> or
> 含意：或是…
> 使用方式：以選擇的意味連接前、後

① **連接單字與單字**。

The game will be played rain or shine.

不管是下雨或晴天，那場比賽仍然要進行。

② **連接片語和片語**。

You can go there by bus or on foot.

你搭巴士或徒步都能到那裡去。

③ **連接句子和句子**。

He will come to my house, or I will go to his house.

不是他來我家，就是我到他家。

注意唷！

「祈使句, or...」是「去做…，否則就會…」的意思。

Lesson 11 介系詞和連接詞 253

Hurry up, **or** you will miss the train. ➡ 祈使句

快一點，不然你會錯過那班火車。

> 我真是受不了「祈使句」！每次碰到他，我就會變成「否則」的意思。

(2) 從屬連接詞

「從屬」，是指附屬於重要的部分。因此，從屬子句自然就附屬於主要子句，而連接這主要子句和從屬子句的連接詞，就稱為從屬連接詞。

從屬子句分為名詞子句和副詞子句，引導名詞子句的從屬連接詞有 that, if, whether 等；引導副詞子句的從屬連接詞有 when, while, since, because, though, before, after 等。

◆ 引導名詞子句的從屬連接詞

名詞子句，想當然它所扮演的是名詞的角色。因此，名詞子句可以成為句子裡頭的主詞、受詞、補語。

◎ that 子句當「主詞」

That she is wrong is undoubted. 　名詞子句當主詞

她的錯誤是無庸置疑的。

◎ that 子句當「補語」

The reason for his absence is (that he is sick). 他沒來是因為他生病了。

名詞子句擔任補語的角色

◎ that 子句當「受詞」

He says (that he is busy). 他說他很忙。

名詞子句作為 says 的受詞

◆ 引導副詞子句的從屬連接詞

副詞子句，可以擔任表示原因、理由、目的、結果等副詞角色。

I like meat though I don't like fish.

我雖然不喜歡吃魚，但卻愛吃肉。

My father left home while I was sleeping.

在我睡覺的時候，爸爸外出了。

(3) 對等相關連接詞

對等相關連接詞，是指將兩個以上的連接詞結合起來，表示某一特定的含意。

not only A about also B = B as well as A
➡ 不只是 A，就連 B 也⋯

Not only my brother **but also** my friends are here.

可以省略

不只是我的弟弟，連我的朋友都在這裡。

先翻譯 he

His parents **as well as** he are very kind to me.

再翻譯 his parents

不只是他，就連他的父母親也都對我非常親切。

小心唷！

上面的例句使用的動詞是複數 are。為什麼呢？
答案就是 as well as 的句型中，動詞必須和前面的 his parents 一致。

either A or B ➡ 不是 A，就是 B
neither A nor B ➡ 既不是 A，也不是 B

You can **either** write **or** phone to order a copy.

你可以寫信或打電話去訂書。

寬敞

The hotel is **neither** spacious **nor** comfortable.

那家飯店既不寬敞，也不舒適。

Lesson 12 關係詞

關係詞，
是指連接兩個有連貫性句子的詞性，
包括了關係代名詞和關係副詞，
也就是說，
關係詞可以擔任「連接詞＋代名詞」的角色，
也可以擔任「連接詞＋副詞」的角色。

　　關係代名詞，用來連接兩個句子，具有「連接詞＋代名詞」的功能。因此，關係代名詞可以說是同時擔任連接詞和代名詞這兩個角色的詞性。想要徹底了解關係代名詞，必須多練習將兩個句子結合成一個句子。

　　一般來說，兩個句子中出現共同的名詞時，**在前面句子中的名詞是先行詞（放在前面的詞性之意），後面句子中的名詞（會先被改成代名詞）則當作關係代名詞，擔任修飾先行詞的角色**。

　　接下來，我們就透過以下的例句，來了解關係代名詞的樣子和它所擔任的角色。

You will see the people. They live nearby.
你將會見到那些人。他們住在附近。

唉唷，好囉嗦的一個句子。直接說「你將會見到住在附近的那些人」不是很簡單明瞭嗎？

如果你也這麼想，那實在是太好了，因為你已經明白關係代名詞的重要作用。像上面的例句，將兩個句子改成一個句子，就是關係代名詞的功能。接下來我們來看看以下的句子分析。

You will see the people who live nearby. 你會見到住在附近的人。
　　　　　先行詞　　關係代名詞

（由 they 變身而來的關係代名詞）

在這個例句裡，who 扮演著把兩個句子綁在一起的「連接詞」角色，同時具有代替 they 的「代名詞」功能。

此時，**由關係代名詞（who）引導的子句（＝關係詞子句）是修飾前面名詞（the people）的修飾句子**；而引導關係詞子句的名詞（the people），則稱為先行詞。

關係代名詞，其實是連接句子和句子的連接詞，結合了代名詞的功能；所以，它也能夠擔任子句中的主詞、受詞、補語等角色。

進階文法 1　關係代名詞

(1) 關係代名詞的種類和用法

我們已經學過，關係代名詞能夠扮演關係詞子句的主詞、受詞、補語的角色。

◆ 關係代名詞的種類

關係代名詞有 who, which, that, what 等，依照先行詞是人物還是事物來決定關係代名詞的形態。**先行詞若是人物就用 who，物品就用 which。也有不管先行詞是人物或事物，都可以使用的 that**。此外，有些情況根本沒有先行詞，這種情形就用關係代名詞 what，**因為，what 包括了先行詞的功能**。

先行詞	主格	所有格	受格	角色
人物	who	whose	whom	形容詞子句
動物，事物	which	whose；of which	which	形容詞子句
人物，動物，事物	that	─	that	形容詞子句
具備先行詞功能	what	─	what	名詞子句

◆ 關係代名詞的用法

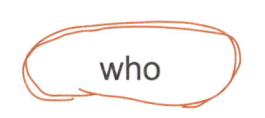

who

who 是先行詞為人物時使用的關係代名詞，who 的所有格是 whose，受詞是 whom。所以，要先考量關係代名詞是屬於主格、所有格還是受格，才能選擇正確的形態。

① **主格關係代名詞 who**。　　　　　　　　　　　　　= a friend

　　　　I have a friend. He lives in Seoul.

　⊃ I have <u>a friend</u>　<u>who</u>　lives in Seoul. 我有一個朋友住在首爾。
　　　　　　先行詞　　關係代名詞

　　　　who 是動詞 lives 的主詞，所以是主格。

② **所有格關係代名詞 whose**。

　　　　This is the man. His wife is an actress.

　⊃ This is the man whose wife is an actress. 這就是太太是演員的那個人。

　　　　whose 是修飾 wife 的所有格關係代名詞。

③ **受格關係代名詞 whom**。　　　　　　　　　　　the girl

　　　　I know the girl. You wanted to see her.

　⊃ I know the girl whom you wanted to see. 我認識你想見的那個女孩。

　　　　whom 是動詞 see 的受詞，是受格關係代名詞。

　　　　　　　　　　　which

　　which 使用在先行詞是事物（動物或無生物）、片語、子句時。which 的受格同樣是 which，所有格是 whose 或 of which。

① **主格關係代名詞 which**。

　　　　This is the dog. It barked at me last night.

　⊃ This is the dog which barked at me last night.

　　　　這就是昨晚對著我吠的那隻狗。

They tried <u>to persuade her</u>, which was found impossible.
　　　　　片語先行詞

　　他們試著說服她，但事實證明那是不可能的事。

<u>He says he saw me there</u>, which is a lie.
　　子句先行詞

　　他說他在那裡見過我，他在說謊。

以上三個例句的 which 都是主格關係代名詞，分別代表 the dog, to persuade her, He says he saw me there。

② **所有格關係代名詞 whose / of which**。

We saw some monkeys. Their tails were very long.　= monkeys'

⬇

We saw <u>some monkeys</u> whose tails were very long.
　　　　先行詞　　　　所有格關係代名詞

⬇

We saw some monkeys the tails of which were very long.

　　我們看到幾隻尾巴很長的猴子。

使用 of which 時，要把關係代名詞子句的主詞 the tails 移到前面！

③ **受格關係代名詞 which**。

This is a comic book. I borrowed it from him.　= a comic book

⬇

This is <u>a comic book</u> which I borrowed from him.
　　　　先行詞　　　　受格關係代名詞

　　這就是我向他借來的漫畫書。

Lesson 12 關係詞　261

④ **which 用法的注意要點**。

如果先行詞是人物，但是指該人物的地位、職業、身分等，這種情況下要使用 which 而不是 who。

He is not the scholar which his father wanted him to be.
　　　　　　　先行詞
　　　　　　　　　　　　　　　　　　　　　　主格代名詞（to be 的補語角色）

他並不是他的父親所期望的那種學者。

that

that 當作先行詞時，不管是人物或事物都可以使用，即使先行詞是「人＋事物」也沒問題，可以說是個多用途的關係代名詞。

關係代名詞 that，其主格與受格是同一個形態，不過 that 並沒有所有格，也不適用在介系詞之後，另外，也不能使用在非限定用法的句子中。

① **必須使用 that 的情形**。

◎ 先行詞是「人＋事物」，「人＋動物」時。

Look at the girl and her dog that are coming this way.
　　　　　先行詞（人＋動物）　　關係代名詞

看看朝這個方向走過來的少女和她的狗。

◎ 先行詞是「the ＋最高級」,「the ＋序數」, the only, the very, the last, all, every, any, no 時。

He is <u>the greatest poet</u>　<u>that</u>　China has ever produced.
　　　先行詞（最高級）　　關係代名詞

　　　　他是中國史上最偉大的詩人。

◎ 先行詞是疑問句時。

<u>Who</u> do I know <u>that</u> believes such a thing?
先行詞　　　　　關係代名詞

　　我所認識的人當中,有誰會相信這種事呢?（沒有人相信。）

◎ 先行詞是 something, anything, everying, nothing 時。

I read <u>everything</u>　<u>that</u>　came into my hand.
　　　　先行詞　　　關係代名詞

　　　　所有進到我的手裡的東西我都會閱讀。

② **that 只能用在限定用法,不能使用於非限定用法**。

I want a man that (= who) can speak English well.

　　　　我需要的是一個英語流利的人。

注意唷!
非限定用法會用「逗號」將先行詞和關係代名詞隔開,通常用在先行詞是專有名詞（如人名,地名等）的情形。

③ **that 前面不能有介系詞**。

This is the house in which he lives.（O）　這就是他住的房子。

This is the house in that he lives.（X）

Lesson 12 關係詞　**263**

what

what 是包含先行詞的關係代名詞，所以 what 之前不能再有其他的先行詞。what 還有一些習慣性的用法，請各位務必牢記。

① **一般性的用法**。

關係代名詞 what 引導名詞子句，在句子中擔任主詞、受詞、補語等的角色。

What he said proved to be false.　➡ 主詞

他所說的話被證實是謊言。

關係詞 what 是 said 的受詞，但 what 所引導的關係詞子句 what he said（他所說的話）是整個句子的主詞。

He explained what he had observed.　➡ 受詞

他說明他所見過的。

what he had observed 是動詞 explained 的受詞。

This is what I asked for. 這就是我所要求的東西。　➡ 補語

what I asked for 是動詞 is 的補語。

② **習慣用法**。

I respect him for what he is, not for what he has.

我尊重他是因為他的人格，不是因為他的財產。

what he is 指「他的人格」，what he has 指「他所擁有的東西」，也就是「財產」。

A man is to be measured by what he is and what he does in life.

一個人會因他一生的人格與行為受到評斷。

what he is 指「人格特質」，what he does 指「行為舉止」。

He is what we call a walking dictionary.

他就是我們所謂的活字典。

what we call 是「所謂的」，a walking dictionary 指「會走路的字典」，也就是「學識淵博的人」。

Reading is to the mind what (as) food is to the body.

閱讀與心靈的關係，就像食物和身體的關係。

A is to B what (as) C is to D：「A 和 B 的關係，就像 C 和 D 之間的關係。」

(2) 準關係代名詞

<u>當作連接詞使用的字彙，有時會在特定的情況之下發揮關係代名詞的功能，我們稱為準關係代名詞</u>。也就是說，跟關係代名詞的功能很相似。

當句型中出現 such, as, the same 等先行詞時，一定會用 as 當作關係代名詞。另外，若是使用整個片語當先行詞，也會用 as 當關係代名詞使用。

as

As many children as came here were given presents.

所有來到這裡的小朋友都得到了禮物。

You have to eat such fruit as is good for your health.

你需要多吃對健康有益的的水果。

as 的限定用法，將前面整個句子或後面整個句子當作先行詞。

<u>He is an American</u> , as I know from his accent.
　　先行詞

他是美國人，我是聽他的口音知道的。

but

一般來說，<u>先行詞前面出現否定詞語時，準關係代名詞就用 but；此時，but 表示 "that...not" 的意思</u>，因此，but 後面不能使用否定詞語。

There is no rule but has some exceptions. 沒有一種規則是沒有例外的。
= Every rule has some exceptions. 所有的規則都有例外。

than

各位一定不知道比較級後面出現的 than，也可以用來當關係代名詞吧？

The next war will be more cruel than can be imagined.

下一場戰爭會比我們所想像的更為殘忍。

比較級之後出現的 than，不但能扮演連接詞的角色，更可以在關係詞子句中擔任動詞 can be 的主詞。因此，在這個例句中 than 是關係代名詞。

(3) 複合關係代名詞

複合關係代名詞是「關係代名詞＋ever」的形態，複合關係代名詞代表的是「先行詞＋關係代名詞」。

Whoever (= anyone who) comes is welcome　　➡ 主詞角色
歡迎所有的來賓。

You may take **whichever** (= anything which) you like.　➡ 受詞角色
你喜歡的東西都可以拿走。

(4) 省略關係代名詞

像以下的情形，關係代名詞是可以省略的。

◆ 在及物動詞的受詞位置

先行詞是 saw 的受詞，故可以省略

The movie (which / that) we saw last night was very good.
我們昨晚看的那部電影很好看。

◆ 在介系詞的受詞位置

介系詞 to 的受詞

The music (which / that) we listened to last night was good.
我們昨晚聽的音樂很好聽。

比較 The music **to which** we listened last night was good.
在「介系詞＋關係代名詞」的形態中，關係代名詞是不能被省略的。

◆ 省略主格關係代名詞

能省略關係代名詞的情況，一般來說是指受格而言。不過，在以下的情況，主格關係代名詞也可以被省略。

① **"there is..." 的構句**。
There is a man (who) wants to see you. 有個人想見你。

② **be 動詞的補語位置**。
He is not the man (which / that) he used to be. 他不是從前的那個他。

補語角色的關係代名詞，= was

先行詞是指人物的情形之下，使用 which 和 that 能夠表示人格、職業、個性、才華等，詳見 p.262。

(5) 限定用法和非限定用法

還記得嗎？我們已經在前面章節學過囉，在此我們要作更深入的說明。

◆ 限定用法

限定用法，是指關係代名詞子句修飾先行詞，限定了先行詞的內容。因此在解讀文意時，通常從關係代名詞子句開始解釋，如果省略了關係代名詞子句，就會使主要子句沒有意義。另外，限定用法中的關係代名詞前面不用加逗號。

My sister who lives in New York is a teacher.
我那個住在紐約的姊姊是個老師。

此句沒有逗號，是限定用法，言下之意是「我的姊姊不只一個，是住在紐約的那一個姊姊才是老師」。

◆ 非限定用法

　　非限定用法，是指關係代名詞子句接著主要子句表達含意。子句和先行詞的關係比較鬆散，主要是補充說明的作用，即使省略了子句也不影響主要子句意義的完整。非限定用法中，先行詞之後要加逗號。

My sister, who lives in New York, is a teacher.

我姊姊是個老師，她住在紐約。

此句有逗號，是「非限定的用法」，說話者只有一個姊姊，此句主要說明「我姊姊是個老師」，「住在紐約」只是補充說明而已。

進階文法 2　關係副詞

　　關係代名詞是「連接詞＋代名詞」的角色，而關係副詞是「連接詞＋副詞」的角色，這一點是兩者的差異之處。

　　關係副詞有 where, when, why, how... 等，分別可以用來表示場所、時間、理由、方法等名詞。

　　關係副詞子句的造句方法，和關係代名詞子句的造句方法是一樣的，只是把「介系詞＋關係代名詞」改成關係副詞而已。

　　關係副詞子句的先行詞是由表示場所、時間、理由、方法等名詞所擔任的。

(1) 關係副詞的種類

關係代名詞依據先行詞可分為以下四個種類。

用途	先行詞	關係副詞	介系詞＋關係代名詞
場所	the place, the city,...	where	in(at,on) which
時間	the time, the day,...	when	in(at,on) which
理由	the reason	why	for which
方法	the way	how	in which

(2) 關係副詞的用法

where：修飾「場所」的先行詞

原句 ▸ This is the house. My grandmother lives **in the house**.

關係代名詞子句 ▸ This is the house **which** my grandmother lives **in**.

　　　　　　　　　　　　　　　　　　　　　介系詞＋關係代名詞＝關係副詞

變更介系詞的位置 ▸ This is the house **in which** my grandmother lives.

關係副詞子句 ▸ This is the house **where** my grandmother lives.

這裡就是我和奶奶住的房子。

when：修飾「時間」的先行詞

原句 ➔ September is the month. Farmers start to harvest in September.

關係副詞子句 ➔ September is the month when (= in which) farmers start to harvest.

九月是農夫們開始收割的月分。

why：修飾「理由」的先行詞

原句 ➔ That is the reason. He left the hometown for the reason.

關係副詞子句 ➔ That is the reason why he left the hometown.

那就是他離鄉背井的原因。

how：修飾「方法」的先行詞

原句 ➔ This is the way. He did it in the way.

關係副詞子句 ➔ This is the way how he did it.（X）
This is the way he did it.
= This is how he did it. （O）

這就是他做事情的方法。

關係副詞 how 和先行詞 the way 是一對苦命鴛鴦，它們被硬生生地拆散，不能在一個句子裡同時出現。咦，這是什麼意思呢？因為在以前，the way 和 how 是可以同時使用的，但是在現代的英語文法裡，**先行詞 the way 和關係副詞 how 不能放在一起使用，只能選擇其中之一**。

(3) 關係副詞和關係代名詞的轉換

我們已經在前面學過，關係副詞是「介系詞＋關係代名詞」。因此，當然也能夠改成以下的表現方式囉。

Grammar Café

中文和英語的「修飾語」位置不同喔！

中文的語序是在名詞前面加上修飾語，英語的關係詞子句則是在名詞後面修飾。也就是說，中文和英語在這一點上面是完全相反的。我們來看看以下的例句，就能理解它們之間的差異囉！

I thanked the woman who helped me. 我向那位幫助我的女性表達謝意。
The movie which we saw last night was very good. 我們昨晚去看的電影很好看。

No, the movie which we saw last night 才對。

喂，應該說是昨晚看的電影才對，怎麼會是電影，昨晚去看啊？

我是根本聽不懂…

This is the house. He was born in the house.
= This is the house which he was born in. ◯ 關係代名詞
= This is the house in which he was born. ◯ 關係代名詞
= This is the house where he was born. ◯ 關係副詞

進階文法 3　名詞子句與間接問句

名詞子句像名詞一樣，可以當句子中的主詞、受詞、補語等。**名詞子句的語序是「連接詞＋主詞＋動詞」。**

很多情形都會使用到名詞子句，但若是使用「疑問詞當連接詞」的名詞子句（也就是間接問句）時，要特別當心語序。

接下來，就讓我們繼續深入探討，名詞子句和間接問句的用法吧。

(1) 名詞子句的用法

◆ 及物動詞的受詞角色

從以下例句中能夠得知，由連接詞（where / that）引導的子句，分別是及物動詞 know 和 think 的受詞角色。

I don't know **where she lives**.　我不知道她住在哪裡。
　　及物動詞 know 的受詞，是名詞子句。

I think **(that) he is a good teacher**.　我認為他是個好老師。
　　及物動詞 think 的受詞，是名詞子句。
擔任及物動詞受詞角色的 that 子句中，可以省略連接詞 that。

◆ 句子的主詞角色

在以下例句中，由連接詞（what）引導的名詞子句是句子的主詞。

What she said surprised me. 她說的話嚇了我一跳。

(2) 間接問句

　　間接問句，是指疑問句成為另一個句子的一部分。因此，在間接問句當中的疑問詞是扮演連接詞的角色。

　　間接問句中比較需要注意的是它的「語序」部分。一般來說，<u>WH 疑問句的語序是「疑問詞＋助動詞＋主詞＋動詞」；而間接問句的語序，則是「疑問詞（連接詞）＋主詞＋動詞」</u>，兩者之間最大的不同之處就是這一點。

　　此外，若疑問句是沒有疑問詞的 Yes / No 疑問句，改為間接問句時要使用 if 或 whether 作為連接詞。

> 間接問句的語序是「疑問詞＋主詞＋動詞」，
> 疑問詞當間接問句的主詞時，則是「疑問詞＋動詞」。

◆ WH 疑問句

接著,我們就來練習看看!

Tell me. ＋ What does he like?　疑問句
　告訴我。　　　　他喜歡什麼?

　○ **Tell me what he likes.**　間接問句
　　　告訴我他喜歡什麼。

What he likes 是及物動詞 tell 的直接受詞,是間接問句。

◆ Yes / No 疑問句

沒有疑問詞的疑問句,並沒有可用作連接詞的用詞,必須使用 if 或 whether 來作為連接詞。

Tell me. ＋ Is he American?　原句
○ **Tell me if (whether) he is American.**　間接問句
　　　告訴我他是不是美國人。

◆ 在疑問句中完成間接問句的方法

接下來要介紹的,是在疑問句中帶入另一個間接問句的方法。

在疑問句中帶入另一個間接問句時,間接問句裡的疑問詞(當連接詞角色)會依據動詞而放在不同的位置。當疑問句裡出現 think, suppose, guess, imagine, believe 等動詞時,間接問句的疑問詞,必須放在句子「前面」的位置。

Lesson 12 關係詞　275

　　　　　　Do you think...? Who is she?　　　　原句
　　　　　↪ Do you think who she is?（X）　　錯誤的間接問句
　　　　　↪ Who do you think she is?（O）　　正確的間接問句
　　　　　　你想她會是誰？

但是，使用 know, identify, speak, tell...等動詞的疑問句中，間接問句的疑問詞，會出現在句子「後面」的位置。

　　　　　　Do you know...? Who is she?　　　　原句
　　　　　↪ Do you know who she is?（O）　　正確的間接問句
　　　　　↪ Who do you know she is?（X）　　錯誤的間接問句
　　　　　　你知道她是誰嗎？

　　這麼說來，難不成這些動詞全部都要背起來啊？
　　不，不需要這麼做。原因是什麼呢？
　　我們以上面的例句來做解說。如果有人問你：「你想，她會是誰呢？（Who do you think she is?）」你會怎麼回答？
　　①「是的，我知道。」
　　②「我想她應該是仙度瑞拉。」
　　正確解答是哪一個呢？當然是第二個，因為這個問題不能只簡單的回答「是」或「不是」，必須要有個確切的答案。回答這類疑問句的重點在於「她是誰」，而 Do you 開頭的疑問句通常要以 Yes 或 No 回答。
　　如果問句是「你知道她是誰嗎？（Do you know who she is?）」，這就只是在問簡單的「是」或「不是」，因此，解答可以很簡潔地回答 Yes 或 No。換句話說，這一類疑問句理所當然是以 Do you 開頭的。
　　所以，我們只需要理解這個邏輯，就可以分辨該把問接問句的疑問詞放在句子的前面或後面，不需要把所有動詞背下來。

PART 6　英語的特殊文法

LESSON 13　一致性與敘述法

LESSON 14　假設語氣

Lesson 13 一致性與敘述法

英文句子裡的主詞和動詞必須一致，
並且以相同的原則或同一種規則構成句子，
這就是所謂的「一致性」。
聽起來很複雜，
但這些內容其實早就在前面章節中學過了。
現在，馬上就來複習一下吧！

　　主詞和動詞的「一致性」，基本上分為兩種：**第一個是主詞的數（單數、複數）和動詞的形態一致，稱為「數的一致」。第二個是主要子句的動詞時態（現在、過去、未來式等）和從屬子句的動詞時態一致，稱為「時態的一致」**。

　　在這個章節裡，我們除了學習「一致性」之外，還會學習英文的「敘述法」，所謂的「敘述法」，就是轉述他人說話內容的方式。將他人說話的內容原封不動地引用到自己的敘述當中，稱為直接引句；另一種是隨著轉述的人本身說話的立場來轉換引述的內容，稱為間接引句。

進階文法 1　數的一致性

(1) 主詞和動詞的一致性

　　所謂「數」的一致，是指主詞和動詞的「數量」必須一致。這個我們已在前面學過囉。**動詞的「數」，是隨主詞的數而決定的。**

◆ 讓主詞的數和動詞的數一致

　　因為動詞的形態是隨著主詞的數而決定的，所以最重要的是主詞。其他修飾語或插入的片語，都無法影響動詞的形態。

Mr. Smith, together with his wife and two sons, has just left.
　　主詞　　　　　　　　　修飾語

史密斯先生和他的太太，還有兩個兒子才剛離開。

◆ 近者一致法則 (The Principle of Proximity)

　　近者一致法則？這句話實在是有點難懂。近，是「靠近」的意思，所以說，「與靠近的那一方一致的法則」，就是近者一致法則了。

　　那麼，是哪一個靠近的部分會一致呢？這是使動詞的數與名詞形成一致的法則。**我們都知道主詞和動詞必須一致，是文法中不變的法則**，但是，現在卻突然說靠近動詞的名詞必須與動詞一致，這實在是讓人一頭霧水。

　　想一想，如果主詞的位置出現兩個以上的名詞，是不是會令人搞不清楚究竟哪一個是主詞？尤其是當那些名詞是以對等相關連接詞連接在一起的時候，更是讓人一個頭兩個大呢！像這樣的情況，**動詞只要和最靠近動詞的名詞一致即可**。

Lesson 13 一致性與敘述法　**279**

① **"either A or B" 和 "neither A nor B"，與 B 的動詞一致。**

Either you **or** Tom **is** responsible for the accident.
　　　　　　　最近的主詞

不是你就是湯姆，必須對這件事負責。

Neither her sister **nor** you **were** present at the party.
　　　　　　　　　　最近的主詞

她的妹妹和你都沒有參加那場派對。

代名詞 neither 是單數。詳見 p.56

例外 ➡ **Neither** of the answers **is** satisfactory to me.
　　　　主詞　　　　　　　　　動詞

兩個答案都不能令我滿意。

either, neither, each...等作為代名詞使用時，一律視為單數。

② **"not only A but also B" = "B as well as A"，與 B 的動詞一致。**

Not only the teacher **but also** the students **were** diligent.
　　　　　　　　　　　　　　　　　主詞

= The students **as well as** the teacher **were** diligent.
　　主詞

不只老師，學生們也都很勤勞。

◆ every 或 each 修飾主詞時，視為單數

Every teacher **makes** mistakes. 所有的老師都會犯錯。

Every man, woman, and child **is** protected under the law.

所有的男人、女人、小孩都受到法律的保護。

◆ 表示「部分」的名詞當主詞時，動詞會出現變化

> 表示部分的名詞＋ of ＋複數名詞 ➡ 當作複數
> 表示「部分」的名詞＋ of ＋單數名詞或不可數名詞 ➡ 當作單數

什麼是表示「部分」的名詞呢？包括有分數，以及 most, half, the rest, the majority, some, all, a lot, lots, portion 等字彙。使用這些名詞加上介系詞 of 時，動詞必須與 of 後面出現的名詞的「數」一致。

「分數」是最能代表名詞用來表示「部分」時的用法。單憑分數本身並不能判斷它的單複數。因此，必須從後面出現的名詞數來決定分數的「數」。

Some of the **furniture** in our office **is** second-hand.

在我們辦公室裡的傢俱有一部分是二手貨。

用來表示部分的 some 是主詞，of 後面的名詞 furniture 是單數，所以動詞也必須是單數形態 "is"。

Some of the **cities** I would like to visit **are** L.A. and New York.

我想拜訪的幾個城市包括洛杉磯和紐約。

of 後面的名詞 cities 是複數，動詞也必須是複數形態 "are"。

◆ the number of 和 a number of

> the number of ＋複數名詞＋單數動詞 ➡ 當作單數
> a number of ＋複數名詞＋複數動詞 ➡ 當作複數

　　the number of 是一個整體概念，代表一個「總數」，因此視為單數；a number of ＝ many，意思是「許多的；一些的」，使用複數動詞。

The number of students in this room right now **is** twenty.
目前待在這個房間裡的學生有二十個。

A number of students in the class **speak** English very well.
這個班級裡有一些學生英文說得很好。

◆ 同一個主詞，也可依據其含意分為單數和複數

　　這是一個相當有趣的情形，我們來看看以下的例句分析。

Chinese is very difficult for English speakers to learn.
對於英文母語人士來說，中文是很難學的。

The Chinese have a long and interesting history.
中華民族擁有悠長且有趣的歷史。

　　上面的例句中，兩個句子的主詞都是 Chinese，但在第一個例句中的 Chinese 指的是「中文」，當作單數使用；而第二個例句中則是指「中國人」，當作複數使用。

　　那麼，從什麼地方可以分辨出到底是「中文」，還是「中國人」呢？那就得看定冠詞 the 來決定了。

定冠詞不能跟在表示「語言」的單字前面，所以，"The Chinese" 不能解釋成「中文」，應該解釋為中國人才對。而且在表示「全體」時，將定冠詞放在名詞前面，是很常見的表現方式。

看到了嗎？有我在就能變成民族，也就能變成複數。

(2) 必須注意的形態

下列的形態是容易造成混淆的情況，請讀者們要特別注意。

◆ A and B 被視為單數時

原本 A and B 是複數形態，原則上應該當複數使用，但也有被當作單數使用的情況。

A and B 的形態是指同一人、同一物時，視為單數。

The doctor and novelist is present at the meeting.

既是醫生也是小說家的那個人，參加了那場會議。

"The doctor and novelist" 是指這個人既是醫生、同時也是小說家，所以指的是同一人。此時，能夠讓我們判斷這是同一人的提示是定冠詞 the；句中只用了一個 the，所以是指同一人。如果是 the doctor and "the" novelist，各自的名詞前面都有個定冠詞，此時指的就是兩個人（一位醫生和另一位小說家）。

> 表達單一概念時，視為單數。

Slow and steady wins the race. 穩紮穩打必能致勝。

> A 和 B 之間有著密切關係時，視為單數。

The bow and arrow was their favorite weapon. ◯ 弓和箭
弓和箭，都是他們最喜歡用的武器。

A black and white dog is running over there. ◯ 黑白花色的狗
一隻黑白花色的狗正在那裡跑著。

◆ 複數形態被當作單數時

明明是複數卻被當作單數用，這實在有點不合邏輯。不過如果大家能仔細體會一下以下的例子，或許還會猛點頭贊成呢！

① **「數詞＋時間、距離、價錢、重量」的複數名詞，統合為一個單位時，當作單數。**

整段時間視為一個單位

Twelve years is a long time to live abroad.
在國外住了十二年是一段相當漫長的時間。

② **國家、書籍、學問、疾病、報紙等名稱，當作單數。**

The United States of America is a republic.
美國是一個共和國。

Physics is an important branch of learning.
物理學是學問裡相當重要的一個領域。

進階文法 2　時態的一致性

時態的一致性，是指主要子句與從屬子句的時態必須一致。

① **主要子句的時態是現在式、現在完成式、未來式時，從屬子句可以是任何一種時態。**

I <u>believe</u> that she <u>is</u> happy.　我相信她是幸福的。
　現在式　　　　　　現在式

I <u>believe</u> that she <u>was</u> happy.　我相信她曾經是幸福的。
　現在式　　　　　　過去式

I <u>believe</u> that she <u>will be</u> happy.　我相信她將會是幸福的。
　現在式　　　　　　未來式

② **主要子句的時態是過去式時，從屬子句用過去式或過去完成式。**

He <u>told</u> me that he <u>was</u> going to write a letter.
　過去式　　　　　　過去式

他說過會寫信給我。

He <u>told</u> me that he <u>had come</u> back the day before.
　過去式　　　　　　過去完成式

他對我說他在前天回來過。

③ **時態一致的例外。**

有些情況不需遵守時態一致的規則，我們稱之為時態一致的例外。

Lesson 13 一致性與敘述法　**285**

◎不變的真理、現在的習慣、事實、俗語等，一定使用現在式時態。

The ancients did not believe that the earth **is** round.

古時候的人們並不相信地球是圓的。　　　　➡ 真理

He told me that he **takes** a walk for an hour every day.

他告訴我他每天都會散步一個小時。　　　　➡ 習慣

He told me that honesty **is** the best policy.

他跟我說誠實是最好的對策。　　　　➡ 俗語

◎歷史性的事實，一定使用過去式時態。

He said that Columbus **discovered** America in 1492.

他說哥倫布在一四九二年發現了美洲。

◎比較級的副詞子句（as, than），依據內容決定時態。

It was colder yesterday than **it is** today.

昨天的天氣　　　　昨天比今天還要冷。　　　　今天的天氣

He was stronger than **he is** now.

過去的他　　　　過去的他比現在還要壯。　　　　現在的他

進階文法 3　敘述法

敘述法，是指轉述別人說過的話的方法。

敘述法分為兩種：**利用雙引號引用他人的話，照實轉述的方式，稱為直接引句**；**考量轉述者本身的立場，適當轉換內容再做轉述的方式，稱為間接引句**。

(1) 敘述法的種類

◆ 直接引句

這是一種利用雙引號（" "），原封不動直接轉述的方式。

直接引句的引號前面會有逗號，引號內的單字以大寫開頭，而句點或問號則使用原來的標示，放在引號內。

She says to me, "You are honest."

她對我說：「你真誠實。」

誰是那個誠實的人呢？　　　　　　　　　　　答：我

◆ 間接引句

間接引句是指把某人說過的話，依轉述者的立場改成適當的內容，再加以傳達的方式。

在間接引句中，動詞後面的逗號（,）和引號（" "）都要去掉。**引號中的句子變成名詞子句時，請注意要符合時態的一致性。**

Joe told me <u>that he liked bananas.</u>
　　　　　　　名詞子句（told 的直接受詞）

喬告訴我他喜歡吃香蕉。

(2) 敘述法的轉換

把直接引句改成間接引句，或是把間接引句改成直接引句，我們稱為敘述法的轉換。

從直接引句轉換成間接引句時，**必須特別注意動詞、人稱代名詞、時態的一致性、指示代名詞和副詞的變化等。**

◆ 將直述句的直接引句轉換為間接引句，順序如下：

① 將主要子句的述語動詞 say to 改成 tell；動詞 say 不變，一樣用 say。
② 除去逗號和引號，將引號中的句子改成 that 子句。此時，連接詞 that 是可以省略的。
③ 人稱、指示代名詞、副詞（片語）必須以說話者的立場做適當的轉換。
④ 必須符合時態一致的規則。

接著，讓我們按照上例的順序，來練習轉換敘述句吧！

直接引句 ▶ My aunt says to me, "You are a beautiful girl."
　　　　　　我的阿姨對我說：「你是個漂亮的女孩。」

上面例句中的主詞是第三人稱單數 my aunt，漂亮的是我，時態是現在

式。因此，says to = tells；you = I；are = am，可改為以下的句子：

間接引句 ▶ My aunt tells me that I am a beautiful girl.
　　　　　　我的阿姨說我是個漂亮的女孩子。

直接引句 ▶ He said to me, "I have received this letter today."
　　　　　　他告訴我：「我今天收到這封信。」

　　上面例句中的主詞是 he，收信的也是 he，收到的是兩人眼前的這封信，收信的時間是兩人對話的當天，時態是過去式。因此，said to = told；I = he；have received（現在完成）= had received（過去完成）；this = that；today（今天）= that day（當天），可改為以下的句子：

間接引句 ▶ He told me that he had received that letter that day.
　　　　　　他告訴我那天他收到了那封信。

直接引句 ▶ He said to me yesterday, "I will attend the party tomorrow."
　　　　　　他昨天跟我說：「我明天要去參加派對。」

　　上面例句中的主詞是 he，打算去派對的也是 he，派對進行的日期是「昨天所說的明天」，也就是今天，時態是過去式。因此，said to = told；I = he；will = would；tomorrow = today，可改為以下的句子：

間接引句 ▶ He told me yesterday that he would attend the party today.
　　　　　　他昨天告訴我今天他要去參加派對。

注意唷！

指示代名詞和副詞在改成引用句時要做些變化。

若主要子句的述語動詞是過去時態，此時必須要把表示指示代名詞和時間、場所的副詞，改成以下圖表裡的形態。

但是，如果句子裡已經有具體表示時間或場所的副詞，必須將引用句的副詞，依整個句子的情況做適當變化。

直接引句	間接引句
now 現在	then 當時
this 這個	that 那個
these 這些	those 那些
here 這裡	there 那裡
today 今天	that day 那天
tonight 今晚	that night 那一晚
ago 在（現在）…以前	before 在（那時）…以前
yesterday 昨天	the day before 在那之前 (= the previous day)
tomorrow 明天	the next day 隔天 (= the following day)
last night 昨晚	the night before 前一晚 (= the previous night)

◆ 將疑問句的直接引句轉換為間接引句，步驟如下：

① 將主要子句的述語動詞由 say to 改成 ask。
② 除去逗號和引號，將原來的疑問詞當連接詞用。
③ 改成直述句的語序（主詞＋動詞），再把問號改成句點。
④ 沒有疑問詞的疑問句，要使用 if 或 whether 作為連接詞。
⑤ 人稱代名詞要依說話者的立場做適當的轉換。
⑥ 符合時態一致性的規則。

直接引句 ➡ He said to me, "Where do you live?"

他問我：「你住在什麼地方？」

上面例句中的主詞是 he，被問的人是「我」，時態是過去式。因此，said to = asked；you = I；live = lived，可改為以下的句子：

間接引句 ➡ **He asked me where I lived.**

他問我住在哪裡。

直接引句 ➡ **He said to us, "Did you see him last night?"**

他問我們：「你們昨晚有見到他嗎？」

上面例句中的主詞是 he，見到他的是「我們」，時態是過去式，遇到的當時是對話前一晚（所以，見到的事情是屬於過去完成式）；因此，said to = asked；you = we；did see = had seen；last night = the night before，可改為以下的句子：

間接引句 ➡ **He asked us if we had seen him the night before.**

他問我們前一晚有沒有見到他。

直接引句 ➡ **He said to me, "Shall I post this letter?"**

他問我說：「我應該把這封信寄出去嗎？」

上面例句中的主詞是 he，要寄信的人是「我」，要寄的是「信」，時態是過去式。此時，<u>shall 指的並不是未來，而是表達寄信這個動作，也就是未來的事件</u>。因此，said to = asked；shall = should；I = he；this = that，可改為以下的句子：

間接引句 ➡ **He asked me if he should post that letter.**

他問我該不該把信寄出去。

Lesson 13 一致性與敘述法　**291**

◆ 將祈使句的直接引句轉換為間接引句，順序如下：

① 將主要子句的述語動詞 say to 改成適合句子內容的 tell, order（下令），advise（忠告），ask 等字彙。

② 去掉逗號和引用符號，將以原形動詞起頭的祈使句改成「to 不定詞」。因此，**轉換之後的句子就會變成「動詞（tell, order, ask 等）＋受詞＋ to 不定詞」的形態。否定祈使句則是「not ＋ to 不定詞」的形態。**

直接引句 ▶   **He said to me, "Open the window."**

他對我說：「把窗戶打開。」

上面例句中的主詞是 he，開窗戶的人是「我」，時態是過去式，語氣是直說語氣。因此，said to = told；open = to open，可改為以下的句子：

間接引句 ▶   **He told me to open the window.**

他要我把窗戶打開。

直接引句 ▶   **He said to me, "Don't go out after dark."**

他對我說：「天黑之後不要外出。」

上面例句中的主詞是 he，不能外出的人是「我」，時態是過去式，語氣是忠告的語氣。因此，said to = told；don't go = not to go，可改為以下的句子：

間接引句 ▶   **He told(advised) me not to go out after dark.**

他告訴我天黑之後不要外出。

有「忠告意味」的時候，動詞使用 advise，**尤其是引述的句子有 had**

better（最好是…）出現時，也適合用 advise。

直接引句 ➔ **I said to her, "Please wait here till I return."**

我對她說：「請在這裡等我回來。」

上面例句中的主詞是 I，必須等待的人是「她」，時態是過去式，等待的地點是「那個地方」，語氣是要求的語氣。因此，said to = asked（要求）；wait = to wait；here = there；I = I；return = returned，可改為以下的句子：

間接引句 ➔ **I asked her to wait there till I returned.**

我要她在那裡等我回來。

表示要求、委託等意義時（please），動詞用 ask 或 beg 較適合。

直接引句 ➔ **He said to me, "Let's play tennis."**

他對我說：「來打網球吧。」

上面例句中的主詞是 he，要打網球的人是「我和他」，意即我們，時態是過去式，語氣是提議的語氣。因此，said to = suggested；let's = we，可改為以下的句子：

間接引句 ➔ **He suggested to me that we play tennis.**

他提議我和他打一場網球。

引句中有 let's... 時，動詞要使用 suggest 或 propose 等，而 that 子句就變成「(should)＋原形動詞」的形態。請記得，在這種句型中，連接詞 that 是不能省略的。

Lesson 13 一致性與敘述法　**293**

Lesson 14 假設語氣

英文文法裡的「假設語氣」,
用來表示與事實相反、假設或想像的情況。
依照時間與狀態的不同
可分為假設語氣未來式、假設語氣現在式、
假設語氣過去式、假設語氣過去完成式
等幾種形式。

進階文法 1　語氣的種類

　　英語有很多不同的表達方式,我們把這些表達方式叫做語氣,而**語氣可分為直說語氣、祈使語氣、假設語氣三種。**
　　★**直說語氣**,是將事實的狀態照實表達出來,大部分的句子都是直說語氣。
　　★**祈使語氣**,是指使或要求對方的表達方式。
　　★**假設語氣**,是假設與事實相反的狀態或想像的表達方式。

(1) 直說語氣

　　就像我們剛剛才說過的一樣,**這是一種照實說明事實狀態的表達方式**,

<u>直述句、疑問句、感嘆句都是屬於這一類</u>。

I had breakfast at eight this morning. 我今天早上八點吃了早餐。
Is she a new teacher? 她是新來的老師嗎？
I don't think he is a teacher. 我不認為他是老師。

(2) 祈使語氣

<u>祈使語氣是指使或要求他人的表達方式</u>。祈使語氣所表達的對象十分明確，那就是眼前的「你」。例如：

「過來！」

一般來說，祈使語氣的句型如果省略了主詞，句子結尾就會直接加上句點。可是，若想表達強烈的命令語氣時，也可以加上主詞或在句尾加上驚嘆號。

◆ 肯定祈使語氣

由原形動詞開頭，be 動詞則用原形 be。此外，若是表示「客氣的命令」，可以在句子的前面或最後加上 please。

Be kind to other people. 對待別人要親切。
Open the window, please. 請把窗戶打開。

◆ 否定祈使語氣

在原形動詞前面加上 Don't 或 Never。

Never tell a lie. 絕對不要說謊。
Don't close the door. 別把門關起來！

◆ 請求祈使語氣

以 Let 開始的祈使語氣有「我們來…，讓我們…」的意思，這樣的表達方式，與其說是命令，不如說是客氣的請求對方，所以，我們稱之為「請求祈使語氣」。

Let me go there. 讓我到那裡去。
Don't **let** the fire go out. 別讓火熄滅了。

(3) 假設語氣

敘述與事實相反的狀態，或假設某種狀態時所採用的表達方式，稱為假設語氣。假設語氣的句型，重點就在於 if 的使用。

If I know his telephone number, I could call him up.
如果我知道他的電話號碼，我就會打電話給他。

進階文法 2　假設語氣

接下來，我們就來仔細地探討假設語氣的用法。

(1) 假設語氣的時態種類

假設語氣會依據不同的時態，使用不同的動詞。
我們可以從以下的例句當中，了解依據不同的時態而變化的句子形態。

◆ 假設語氣現在式

假設語氣現在式表達的是關於現在或是未來，單純的假設情況或不確定的想像。

假設語氣現在式的句型中，由 if 引導的子句，原則上要使用原形動詞；但在現代英語文法中，比較常用現在式時態。

If 子句	主要子句
If ＋主詞＋原形動詞或現在式, ...	主詞＋ will, shall, can, may ＋原形動詞...
如果（主詞）…，	（主詞）會…

If it is(be) warm this afternoon, I will go there.
如果今天下午天氣暖和的話，我會去那裡。

注意唷！
以下會說明假設語氣現在式中，名詞子句必須使用原形動詞的情況。

用來表示命令、提議、主張、要求等的假設語氣，如果名詞子句是作為動作的受詞，原則上必須使用原形動詞。

I suggested that she (should) see a doctor.

我建議她去看醫生。

◆ 假設語氣未來式

<u>假設語氣未來式，表達的是對於現在或未來強烈的懷疑，或是不可能實現的假設狀況。</u>

If 子句	主要子句
If ＋ 主詞 ＋ should ＋原形動詞… If ＋ 主詞 ＋ were to ＋原形動詞…	主詞＋助動詞的現在式或過去式＋原形動詞…
如果（主詞）…	（主詞）就會／就要／就可以…

If I should go abroad, I would go to America.

假如我要出國，我就會去美國。

**Even if the sun were to rise in the west,
I would never break my word.**

就算太陽打西邊出來，我也不會違背我的承諾。

在假設語氣未來式中，<u>if 子句通常使用 should 或 were to，were to 表達的是不可能的狀態</u>。請務必記住，在未來式假設語氣中所指的未來，並不是指時間上的概念，而是指某種不確定性。

◆ 假設語氣過去式

<u>假設語氣過去式，表達的是與現在事實相反的假設想像。</u>

在假設語氣過去式中，if 子句必須使用過去式動詞。此時，該注意的地方是 be 動詞。**在假設語氣過去式中，be 動詞無關乎人稱或數量，一律使用 were。I 用 were，you 也用 were，he 也用 were**。沒想到吧？

「這麼說的話，看到用不相稱於人稱或數量的 were，那應該就是假設語氣句子囉？」

哇！怎麼會有這樣的英文天才！這個邏輯非常正確。

If 子句	主要子句
If ＋主詞＋過去動詞（be 動詞是 were）…	主詞＋過去式助動詞（would, should, could, might）＋原形動詞…
如果（主詞）…	（主詞）就會／就要／就可以…

If I were you, I would accept their invitation.

如果我是你，我就會接受他們的邀請。

If I had much money, I could buy a car.

如果我有很多錢，我就可以買一輛車。

把假設語氣過去式譯成中文的時候，有些人會直接翻譯成過去式。**不過，不要忘了假設語氣過去式只有「形式」是過去式，實際上只是在敘述與現在事實相反的內容。**

◆ 假設語氣過去完成式

表達和過去事實的假設或想像相反的敘述時，要使用假設語氣過去完成式。如同假設語氣過去式與現在事實相反的情況，假設語氣過去完成式與過去的事實也是相反的。

If 子句	主要子句
If ＋主詞＋ had ＋過去分詞...	主詞＋過去式助動詞（would, should, could, might）＋ have ＋過去分詞...
如果（主詞）…	（主詞）就會／就要／就可以…

If I hadn't slipped on the ice, I wouldn't have broken my arm.
如果我沒有在冰地上跌倒，我就不會摔斷我的手臂。

跌倒是既成的事實，所以，我們可以說「希望從沒有跌倒過」這種想法，就好像是癡人說夢一樣，是不可能的。

(2) if 的省略

在假設語氣中省略 if，助動詞和主詞的位置就會變成「助動詞＋主詞＋動詞」這樣的語序。現在，就透過例句來了解語序變化的過程吧！

If I were rich, I could buy it. 　　假設語氣過去式
➔ **Were I rich, I could buy it.**
如果我有錢，我就可以買下它。

If it had not been for your help, I couldn't have done it. 　假設語氣完成式
➔ **Had it not been for your help, I couldn't have done it.**
要不是有你的幫忙，我不可能完成那件事。

If anyone should call, please take a message.　　**假設語氣未來式**
⇨ Should anyone call, please take a message.

如果有人打電話來，請幫我留下對方的留言。

(3) 假設語氣的慣用句型

有些假設語氣不使用 if，卻也能達到相同的效果，這類的用法就稱為「假設語氣的慣用句型」。

> I wish ＋假設語氣
> ⇨ 要是…該有多好

I wish I were rich. 我希望我很有錢。

> It is time (that) ＋假設語氣過去式
> ⇨ 現在是…的時間

It is time (that) you went to school. 現在是要去上學的時間了。

> 主要子句＋as if ＋假設語氣
> ⇨ 好像…一樣

He speaks as if he know everything.
主要子句

他說得好像他知道所有的事情似的。

與假設語氣現在式 if 子句的時態相同。

終於，所有英語文法的講解都到此結束了。

有人覺得學起來痛苦又吃力嗎？

嗯，如果有這種反應的話，可以說我精心設計的課程失敗了……

什麼？原來各位讀者是覺得最後一課的假設語氣學起來很吃力啊？那麼，絕對不是指這本書的內容無聊囉！

即使很努力地用最簡單的方式來解釋英語文法，但是要把所有文法徹底融會貫通並不是一件容易的事。因此，我希望各位也能明白這一點，碰到較困難的地方，請反覆多唸幾次。

山就算再高，也不過是在太陽底下；英文再難，在美國、英國或澳洲，即使是那些好吃懶做的人都能講得很溜，更何況是這麼努力學習的我們呢？

那麼，祝福各位都能在英語的領域中，綻放出自己的光芒！

語言學習NO.1

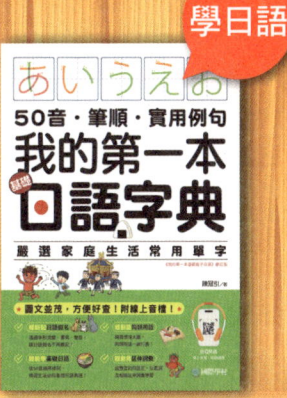

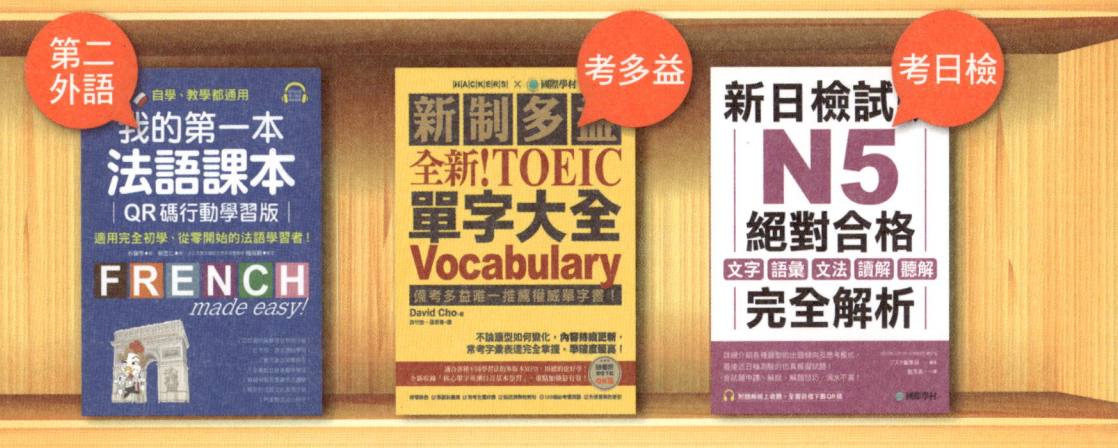

台灣廣廈 國際出版集團

國家圖書館出版品預行編目（CIP）資料

國高中英文文法加深加廣/朴熙錫作;徐若英譯. -- 初版. -- 新北市 : 國際學村出版社, 2025.09
面; 公分
ISBN 978-986-454-445-5(平裝)

1.CST: 英語 2.CST: 語法

805.16   114010590

國際學村

國高中英文文法加深加廣

作　　　者／朴熙錫	編輯中心編輯長／伍峻宏・編輯／古竣元
譯　　　者／徐若英	封面設計／陳沛涓・內頁排版／菩薩蠻數位文化有限公司
	製版・印刷・裝訂／東豪・弼聖・秉成

行企研發中心總監／陳冠蒨
媒體公關組／陳柔彣
綜合業務組／何欣穎

發　行　人／江媛珍
法　律　顧　問／第一國際法律事務所 余淑杏律師・北辰著作權事務所 蕭雄淋律師
出　　　版／國際學村
發　　　行／台灣廣廈有聲圖書有限公司
　　　　　　地址：新北市235中和區中山路二段359巷7號2樓
　　　　　　電話：（886）2-2225-5777・傳真：（886）2-2225-8052
讀者服務信箱／cs@booknews.com.tw

代理印務・全球總經銷／知遠文化事業有限公司
　　　　　　地址：新北市222深坑區北深路三段155巷25號5樓
　　　　　　電話：（886）2-2664-8800・傳真：（886）2-2664-8801
郵　政　劃　撥／劃撥帳號：18836722
　　　　　　劃撥戶名：知遠文化事業有限公司（※單次購書金額未達1000元，請另付70元郵資。）

■出版日期：2025年09月　　ISBN：978-986-454-445-5
　　　　　　　　　　　　　版權所有，未經同意不得重製、轉載、翻印。

本書於2006年的書名為《我的第一本文法書》。
꼼꼼 영문법:꼼꼼히 읽기만 하면 끝
Copyright © 2007 by Hee-Suk Park
Original Korea edition published by Booksea Publishing Co.
Taiwan translation rights arranged with Booksea Publishing Co.
Through M.J Agency, in Taipei
Taiwan translation rights © 2025 by Taiwan Mansion Books Publishing Co., Ltd.